AVALON PARK

AVALON PARK

Eric Senabre

DJ ROMANS DIDIER JEUNESSE

Le feuilleton des Incos

Pour Amélie, la jeune fille de Perharidy,
en espérant que le large lui apportera le bonheur.

I

Terra incognita

La pluie s'était enfin arrêtée. Nick Bowles sortit la tête de la bâche imperméable qui le recouvrait, lui et son frère, et constata que l'on pouvait même apercevoir un coin de ciel bleu au-dessus de la mer verdâtre. Malgré la bâche, il était trempé ; l'eau, comme toujours, avait su trouver son chemin à travers les coutures vieillissantes de la coque, formant une bouillasse noire et glaciale. Roger, lui, dormait encore en dépit des éléments. La fatigue et la fièvre avaient été plus fortes que la méchante tempête qu'ils venaient d'essuyer. Durant celle-ci, la deuxième rame avait définitivement sombré dans les profondeurs. Ils ne pouvaient plus s'en remettre qu'à la chance ; en trois jours, depuis qu'on les avait, sans explication, lâchés dans cette chaloupe, ils n'avaient pourtant pas croisé la moindre voile.

Pour la millième fois, Nick tâcha de se remémorer la succession des événements. Ils avaient quitté l'Angleterre trois semaines plus tôt pour une excursion en Méditerranée, à bord d'un paquebot luxueux dans lequel rien ne manquait. Nick avait été ravi de rencontrer d'autres lycéens de son âge ; un peu triste, en revanche, de constater que Roger avait préféré une sorte de « solitude mondaine », ne privant personne de sa présence, tout en privilégiant l'intimité de sa cabine ou les longues promenades en solitaire sur le pont, quand il était sûr de ne croiser personne. Deux ans séparaient Nick de son jeune frère ; deux ans qui, à leurs âges respectifs, auraient pu constituer un fossé. Dans le cas de Nick et Roger, cette différence d'âge ne représentait rien. Du haut de ses presque quatorze ans, Roger parlait, pensait, argumentait, comme s'il en avait le double – voire le triple. D'humeur inégale, il pouvait tout aussi bien être le plus joyeux des camarades ou proposer au contraire une compagnie lugubre, voire insupportable. Nick vénérait son petit frère, et il était probable que Roger fût lui aussi attaché à son aîné ; il ne le montrait toutefois que d'une manière très parcimonieuse.

Un soir, M. Bowles, leur père, était entré dans leur cabine et sans un mot d'explication, les avait sommés de préparer leurs affaires. Ils se trouvaient toujours en haute mer, loin de la moindre côte. Nick et Roger évoluaient encore dans un demi-sommeil quand leur père les invita à prendre place dans l'une des embarcations de secours. Il n'eut pas d'autres mots que ceux-ci : « Je viens de parler au colonel Le Mesurier. Il se prépare quelque chose de très grave, ici et à terre, contre quoi je ne peux pas vous protéger. Mes enfants, je suis désolé, mais je fais cela pour votre bien. Si vous restez ici, votre sort est scellé. Si vous partez maintenant... il y a encore une chance d'échapper à ce qui s'annonce. Votre mère et moi vous aimons de tout notre cœur. Adieu, mes garçons. » Après un long silence, il avait manœuvré les bossoirs pour faire descendre le bateau jusqu'à la mer, laissant ses enfants muets de peur et de stupéfaction. Nick possédait bien quelques rudiments de navigation, mais il savait qu'ils ne seraient que d'un très relatif secours face à une mer secouée par des accès de fureur.

Trois jours en mer sur cette embarcation minable suffirent à démontrer aux deux frères pourquoi Ulysse avait eu autant de mal à regagner son île. La Méditerranée, capricieuse, parfois traîtresse, s'était appliquée à malmener Nick et Roger tout au long de leur dérive. Roger, pour ne rien arranger, était tombé malade assez vite, en proie à de violents accès de fièvre. Nick avait beau caresser l'espoir de débuter ses études de médecine l'année suivante, son savoir en la matière demeurait celui d'un simple amateur : rudimentaire, sans méthode ou expérience. Le paludisme, pensait-il, présentait des symptômes proches. Il n'y avait pourtant aucune raison que Roger l'ait contracté en haute mer. Le sac que leur père leur avait remis ne contenait hélas pas la solution à ce problème ; quelques cachets d'aspirine sans grande efficacité, des biscuits, de l'eau potable bientôt épuisée...

La dernière tempête aurait dû mettre un terme définitif à leur aventure. Pour ne pas tomber à l'eau, ils furent contraints de s'encorder l'un à l'autre, et d'arrimer une extrémité au bastingage. Sans échanger un mot, convaincus que la fin était arrivée, ils se lancèrent dans un combat inégal qui laissa Nick vidé de toute énergie et Roger à moitié-mort.

Le ciel était maintenant totalement dégagé. Pour combien de temps ? C'était, au moins, l'occasion de faire sécher leurs affaires. Nick étendit chemises, pantalons et pulls détrempés contre le bordage, et profita des premiers rayons de soleil pour faire calmement l'inventaire du sac. Le constat était plus alarmant encore qu'il ne l'avait craint. Il se leva d'un mouvement nerveux, face au soleil.

– Est-ce bien le moment de bronzer, mon très cher frère ? fit une voix derrière lui.

Roger s'était réveillé. Il grelottait malgré la tiédeur de l'air, les épaules affaissées, bras croisés.

– Comment vas-tu ce matin, Roger ? Ta fièvre ?

– Elle est toujours là, mais je ne suis pas encore mort, par chance.

Roger examina la situation en claquant des dents et ajouta :

– Nous avons donc perdu une rame ?

– J'en ai peur.

– Aucun courant, plus de vent... Nous voilà partis pour mourir de faim sur place.

– Je pense que nous mourrons de soif avant.

– Ah ! La fièvre va peut-être m'apporter une mort plus rapide. Je t'autorise à me manger, si besoin.

– Roger, ne plaisante pas.

– Je suis on ne peut plus sérieux, Nick ! Il faut bien y penser, puisque de toute évidence, nous sommes fichus.

– Enfin, c'est toi le génie, Roger. Tu vas bien trouver une solution.

– Oh, Nick… Tu es l'ainé, c'est toi qui devrais avoir une idée. Nous voilà bien ! Je suppose que nous aurons eu une vie plutôt enviable. Certains diront « trop courte », sans doute. Mais quand je songe à l'ennui dans lequel nos parents ont évolué toute leur vie, ce n'est peut-être pas si mal.

Nick n'écoutait plus que d'une oreille les allégations de son petit frère. Il se pencha un peu plus vers lui, et observa la base de son cou. Une large marque violacée s'y étendait depuis le jour de leur fuite précipitée.

– Quelque chose ne va pas ? demanda Roger.

– Quoi ?

– Je te vois regarder mon cou. J'ai une marque violette, pas vrai ?

– Comment tu le sais ?

– Je m'en doutais. Parce que tu as exactement la même, figure-toi.

Nick baissa les yeux, et son frère reprit :

– Non, tu ne peux sûrement pas la voir. Pas plus que je ne peux voir la mienne.

– J'ignore comment on a pu se faire ça. C'est apparu depuis qu'on est sur le canot.

– On a peut-être essayé de s'étrangler mutuellement pendant une crise de somnambulisme.

– Hum…

Nick dut laisser ses cogitations en plan : quelque chose, à l'horizon, venait d'attirer son regard. Il plaça ses mains en visière, plissa les yeux, et grogna.

– Bonté divine, Roger...

– Quoi donc ?

– Est-ce que père a pensé à nous laisser quoi que ce soit qui ressemble à une paire de jumelles ?

Nick s'agenouilla et farfouilla une fois encore dans le sac qui trempait en fond de cale. Il en sortit un étui cylindrique dont il tira une longue-vue. Il la déplia, colla son œil à la visée et après avoir ajusté la focale et balayé l'espace devant lui, il poussa un cri de triomphe :

– Roger, nous sommes peut-être sauvés ! Il y a quelque chose là-bas !

– « Quelque chose » ?

– La terre, Roger, la terre !

– Voyez-vous ça...

Roger s'approcha en titubant, et d'une main faible, se saisit à son tour de la longue-vue. Il l'ajusta à sa propre vision et émit un petit sifflement :

– Mais c'est que tu as raison, ma foi ! Loués soient tes yeux d'aigle, mon cher Nick. Une ile, n'est-ce pas ?

– Une ile, oui.

Nick ne pouvait toutefois céder à l'euphorie. Cette ile se trouvait à des miles de leur embarcation, et la perte de la deuxième rame rendait son approche plus que problématique. Comme s'il lisait dans les pensées de Nick, Roger demanda :

– Tu penses que nous avons une chance d'y arriver ?

Nick avait déjà tâté de l'aviron, mais l'embarcation dans laquelle ils dérivaient n'avait rien d'une yolette. Résigné, il se saisit de l'unique rame et annonça :

– Je vais faire tout ce que je peux, frangin. On ne pourra pas dire que je n'ai pas essayé.

Roger se rassit sur un barrot, et soudain plus grave qu'à son habitude, déclara :

– Nick, tu devrais me jeter à l'eau. Je suis inutile et je ne fais que te ralentir. Hélas, je sais que tu ne le feras pas, parce que contrairement à moi, tu as l'âme d'un héros.

Impassible, Nick répliqua :

– Tu me jetterais à l'eau, si c'était moi qui étais malade ?

– Jamais de la vie. Mes sarcasmes ont besoin d'un auditoire, tu sais. Sans auditoire, je ne vaux vraiment pas grand-chose.

Nick haussa les épaules et dit :

– Tu vas quand même m'être utile. Si tu barres comme il faut, il devrait y avoir un moyen de compenser l'absence de deuxième rame.

Roger s'installa à la barre, et Nick débuta son pénible exercice. La rame était lourde pour une seule personne. Maintenant qu'il faisait bien chaud au-dessus des eaux, Nick regrettait presque qu'il ne tombât pas une fine bruine. Ses muscles tendus furent bientôt luisants de sueur, et son visage se crispa sous la douleur. À la barre, Roger assurait son rôle au mieux, mais il avait abandonné son air détaché et n'essayait plus de dissimuler l'état de délabrement dans lequel sa fièvre l'avait mis.

– Roger, tout va bien ? C'est épatant, mon vieux, le cap est impeccable.

L'intéressé répondit par un grognement, et Nick continua à tirer tout ce qu'il pouvait de sa rame, tantôt à bâbord, tantôt à tribord. Au bout d'une heure, il se laissa retomber à l'intérieur du bateau, vidé de ses forces.

– Il faut que je me repose un peu, Roger, je suis désolé.

– Ne sois pas désolé. J'ai bien de la chance d'avoir un frère aussi costaud.

Nick ferma les yeux, à la recherche des dernières forces qu'il pouvait rassembler. C'est alors qu'un souffle d'air vint caresser ses joues.

– Roger, je crois que nous avons enfin de la chance !

Comme si elle considérait que l'acharnement de Nick constituait une offrande acceptable, la mer, aidée du vent, avait décidé de finir le travail elle-même. Le bateau glissait sur de petites vagues, modestes, mais suffisantes pour que la destination puisse être atteinte dans les deux heures – si les conditions se maintenaient.

– Je vais te remplacer à la barre, Roger, tu ne tiens pas debout. Nous sommes vraiment à court d'aspirine ?

– Depuis un moment, oui. Notre remarquable père n'a pas pensé que nous pourrions en avoir souvent besoin. Après tout, est-ce qu'Ulysse prenait de l'aspirine, lui ? Il a fait le même voyage que nous sans se plaindre et...

– Roger...

– Ok, je me tais. Oh, Nick...

– Quoi ?

– Merci pour tout. Sincèrement.

Roger tapota l'épaule de son grand frère. Il n'y avait plus qu'à attendre.

Au loin, l'ile grossissait de plus en plus. Nick prit un moment pour l'observer à l'aide de la longue-vue et d'autres détails lui apparurent. Désormais, il pouvait voir distinctement une grande structure ronde détacher sa silhouette du ciel. Une bonne chose : ils n'allaient donc pas débarquer sur une ile déserte. Un médecin pour Roger, ou à minima des médicaments : c'était la priorité.

Il ne pouvait s'empêcher de repenser, en plus du reste, aux derniers mots de leur père. Quel événement pouvait bien annoncer un sort pire que de se retrouver perdu en pleine mer ? Il avait beaucoup compté sur Roger pour élucider ce mystère. La maladie en avait décidé autrement.

Une goutte grosse comme un œuf de pigeon vint frapper l'épaule de Nick. Il leva la tête et constata que le répit avait été de courte durée ; des nuages noirs s'étaient regroupés derrière eux et progressaient comme une gangrène, grignotant avec avidité chaque parcelle de ciel bleu. Nick avait souvent entendu dire que les tempêtes, en Méditerranée, étaient imprévisibles et d'une violence inouïe : il en avait eu la démonstration ces derniers jours, et les cieux paraissaient considérer que la leçon n'avait pas encore été suffisamment bien apprise. En jurant, il protégea son frère avec la bâche, et celui-ci, sans ouvrir un œil, demanda :

– Ça recommence, hein ? À quel moment a-t-on manqué de respect à Neptune, au juste ? Il n'a quand même pas pu prendre mal qu'on utilise la mer comme toilettes ?

– Ne t'inquiète pas. Je vais tenir le cap. Il pleut, mais ça ne signifie pas qu'il va y avoir une tempête !

Quand, une heure plus tard, la coque du bateau fut broyée par les récifs où les vagues l'avaient précipitée, cette phrase tournait encore en boucle dans la tête de Nick.

II

La grille

– Bon sang, Roger, pour l'amour du ciel, dis quelque chose !

– *Père a une maitresse*, répondit un filet de voix à peine audible.

Nick s'affaissa sur le sable tiède, terrassé d'angoisse et d'épuisement. Il demeura ainsi une bonne minute, le temps de réaliser que c'était bien de la bouche de Roger et non de sa propre imagination que ces mots étaient sortis.

Roger avait les paupières entrouvertes, le regard vague ; il n'avait pas bougé le moindre muscle.

– Est-ce que tu as mal quelque part ? demanda Nick.

– Disons qu'il y a un ou deux endroits où je n'ai pas mal, plutôt. Mais je crois que je n'ai rien de cassé.

– Tant mieux...

Roger se redressa en tremblant, et embrassa la plage du regard. Au loin, le ciel d'orage se diluait progressivement dans l'azur.

– Alors, tu as réussi, frangin ? Tu nous as sauvés ?

Nick avala une lampée d'air.

– On dirait, oui. Cette nouvelle tempête nous a précipités droit vers l'ile que nous visions. Une chance. Enfin, si on veut...

Roger tourna la tête vers la rive, où des morceaux de bois brisés se faisaient taquiner par un timide ressac.

– Le bateau...

Nick secoua la tête.

– Il n'en reste plus rien. L'ile est entourée de rochers saillants ; je pense qu'il faut être un sacré marin pour s'y frayer un chemin. Alors dans des conditions pareilles... On s'est fracassés près de cette pointe, là-bas, tu vois ?

– Je vois, oui. Et après ?

– Eh bien, après... on a nagé jusqu'ici.

– « On » a nagé ? J'étais inconscient.

– Oui. Je t'ai trainé avec moi.

Roger lança à son grand frère un regard où se lisait une gratitude bien légitime, de l'admiration et aussi une pointe d'exaspération.

– Nick, le sac...

– Je n'ai rien pu sauver. De toutes les manières, il ne restait pas grand-chose.

– Ah... Et tu as eu le temps d'explorer l'endroit ?

– Non, je t'ai veillé. J'ai bien cru que tu allais y passer.

– C'était compter sans mon grand frère tout-puissant. Le demi-dieu.

Nick soupira.

– Bon, je constate que tu vas décidément mieux. Je peux au moins te confirmer une chose : nous ne sommes pas sur une ile déserte.

– Ah ? Je suis presque déçu. Et à quoi vois-tu ça ?

– À ce camion garé à l'ombre, près du grand arbre.

Roger plissa les yeux, pour constater que Nick disait vrai ; à travers les pins, on pouvait distinguer la silhouette d'un véhicule.

– Je ne vois personne, cependant, ajouta Nick. Il faudrait marcher pour se rendre compte. Tu en es capable ? Je peux t'aider si...

– Oh, Nick... essaie de comprendre que je n'ai pas envie d'être un fardeau. Si je dois t'accompagner, ce sera sur mes deux jambes, pas sur tes épaules.

Ils demeurèrent silencieux un moment, durant lequel Nick se mit à tracer des figures aléatoires dans le sable.

– Roger... qu'est-ce que c'est que cette histoire avec père ?

– De quoi parles-tu ?

– Il y a quelques minutes, tu m'as dit que père avait une maitresse...

– Ah, ça ! Oh, enfin, Nick, ne joue pas au lourdaud : ça me semble évident qu'il se passe quelque chose entre lui et Mrs Bathurst. Tu ne les as pas vus, sur le bateau ?

– Tu te fais des idées, mon vieux. Ils se connaissent depuis toujours. Ils sont complices, c'est tout...

– Écoute, crois que ce que tu veux. Qu'est-ce que ça change ?

Roger se releva, toujours fébrile et fit un signe de tête à son frère.

– Allons-y. C'est une belle plage, mais je ne tiens pas à y passer ma vie.

– Eh bien, moi non plus. En route.

Ils commencèrent à cheminer, lentement, vers le camion qu'ils avaient aperçu un peu plus loin. S'il était là, c'est qu'il y avait une route quelque part. Pour le moment, depuis la plage, l'ile ne montrait qu'une masse végétale assez dense ; toutefois, elle n'aurait pu être décrite comme *sauvage* ; elle montrait un visage touffu, certes, mais domestiqué.

Le camion – une camionnette, en réalité – portait une grande inscription de style gothique : « Avalon Park ». Roger s'assit sur une énorme racine, haletant. Sous son grand arbre, il ressemblait encore un peu à un enfant, loin du phénomène de foire qu'il se complaisait à incarner le reste du temps.

Nick contourna le véhicule, actionna une portière à l'avant, qui s'ouvrit sans résistance.

– Ah oui, ils ont le volant à gauche, dans ces pays, c'est vrai, grommela-t-il.

Côté conducteur, il constata que les clés étaient demeurées sur le contact. Il les tourna, et après deux tentatives inquiétantes, le moteur se mit enfin à vrombir.

– Bon, mon vieux, on va peut-être t'épargner plus d'efforts. Cette camionnette fonctionne comme un charme.

– J'entends ça, dit Roger depuis sa position. J'ai peut-être raté quelque chose, Nick, mais... est-ce que tu sais conduire ?

Nick haussa les épaules.

– Eh bien, je ne dirais pas ça. Père a essayé de m'apprendre deux ou trois fois.

– Et ?

– J'ai failli emboutir la Bentley.

– Superbe. On ira doucement.

Roger tâcha de se relever, tituba, perdit l'équilibre et se retrouva dans les bras de Nick, qui s'exclama :

– Bon sang, Roger, tu ne tiens plus debout et... tu es brulant ! Tu vas me laisser te porter, ou je t'assomme.

Roger n'objecta plus rien, et son frère l'installa sur le siège passager, avant de prendre place derrière le volant.

– Bon. Voyons... Les commandes sont à l'envers, évidemment. Ça ne doit pas être si compliqué.

La camionnette eut un hoquet qui projeta ses passagers en avant.

– J'ai besoin de m'y faire un peu, fit Nick.

– Prends ton temps... Mais n'oublie pas qu'il y a des arbres tout autour de nous.

La deuxième tentative pour dégager le véhicule de sa position et lui faire emprunter le semblant de route qui filait à travers les arbres fut plus concluante et les deux frères s'en trouvèrent moins secoués.

– Tu as une idée de l'endroit où nous sommes ? demanda Roger. Nous ne devons pas être si loin d'une côte.

– Je ne sais pas. Cette ile a un côté très italien.

– Ou... espagnol ?

– Oui, aussi c'est vrai.

Roger ouvrit la boite à gants, et y farfouilla un moment. Il en extirpa un carnet d'entretien du véhicule, ainsi que d'autres feuillets jaunis et maculés de graisse. Après les avoir parcourus, il annonça :

– La plupart des documents sont en anglais, nous voilà bien. Il y a deux ou trois choses écrites en italien, mais je ne sais pas s'il faut s'y fier. Oh, mon crâne…

Les dernières forces de Roger l'abandonnaient. Son corps n'était plus qu'un vaisseau à l'abandon, bringuebalé par la maladie. Ses dents s'entrechoquèrent, et il ne parvint que difficilement à articuler :

– Je crois que je suis au bout, Nick. Ne m'en veux pas, surtout.

– Allez, tiens bon, on va forcément trouver de l'aide.

Roger ne répondit rien ; il devait s'économiser, et cela passait aussi par sa salive.

Aussi, ce fut Nick qui vit la roue en premier.

Une roue gigantesque, colossale, presque menaçante. Une roue de fête foraine, avec ses nacelles et sa structure métallique, qui crevait le plafond formé par la cime des arbres comme une divinité mythologique. C'était donc elle qu'il avait aperçue depuis la mer, plus tôt dans la journée.

Plus la camionnette progressait et plus le rideau de verdure se levait sur la géante d'acier. Et puis, d'autres structures commençaient à leur tour à émerger du décor. Des rampes, des échafaudages, des édifices. Nick n'en croyait pas ses yeux.

Bientôt, un mur d'enceinte se dressa au bout de la route, haut de plusieurs étages, et seulement recouvert d'une peinture blanche écaillée par endroits. Il devait empêcher l'accès au parc. Nick décida de le longer. La camionnette cala souvent mais le chemin put se poursuivre sans accident. Quand, enfin,

Nick avisa une grille d'allure modeste, il arrêta le véhicule en sifflant d'aise.

– Roger, je vais aller voir si on peut approcher par là, d'accord ? Il y a une entrée de service.

Bien entendu, la grille était fermée. À travers les barreaux, on ne distinguait que des bâtiments pareils à des hangars, plus longs que hauts, alignés de façon monotone. De là, la grande roue apparaissait plus écrasante que jamais ; il était cependant difficile de distinguer ce qui se trouvait au-delà des bâtiments car une palissade en bois foncée, au loin, les séparait du reste du site.

Nick, sans conviction, secoua la grille qui ne branla même pas. Le jeune homme protesta à voix basse avant d'entreprendre d'escalader ce grand portail.

Ce n'était pas chose facile, car aucun barreau transversal n'offrait de prise à ses semelles ; il fallait grimper comme à une corde, à ceci près qu'une véritable corde aurait offert une bien meilleure prise.

Alors qu'il était à la moitié de son ascension, un bruit lointain lui parvint. D'instinct, il posa son regard sur la grande roue. C'était bien elle : les nacelles avaient débuté leur rotation et se balançaient au-dessus du vide comme des cerises à leur branche. Ce spectacle rassura Nick : le manège n'avait pas pu être mis en branle tout seul. Il y avait donc du renfort humain sur cette ile, où qu'elle fût située.

Une fois parvenu au sommet de l'enceinte, il s'assit jambes pendantes, afin de recouvrer ses forces. Une lourde torpeur s'empara de lui. Toutes les épreuves physiques qu'il avait traitées par le mépris au cours des derniers jours venaient réclamer leur dû. Il songea même à s'allonger sur son perchoir de béton. En comparaison de la cale poisseuse de leur bateau, c'était là le plus luxueux des lits.

Et puis, une voix l'arracha à ses pensées. Ce n'était pas celle de Roger, bien qu'elle lui parût jeune. Il reconnut quelques mots d'italien (« tutto va bene ? »), mais l'accent semblait être celui d'un anglo-saxon. C'est donc en anglais qu'il répliqua :

– Où êtes-vous ? J'ai besoin d'aide !

– Juste en bas ! Restez là, on va vous apporter une échelle.

La phrase avait été prononcée dans un anglais impeccable, avec une touche d'accent irlandais. Deux minutes plus tard, deux montants métalliques vinrent cogner l'enceinte à un mètre de Nick. En bas de l'échelle, deux enfants, peut-être plus jeunes que Roger. Un garçon blond et sa copie féminine, l'un en bermuda, l'autre en robe légère. Ils affichaient un air à la fois amical et curieux. Nick descendit et leur fit face.

– Bienvenue à Avalon Park ! s'exclamèrent-ils en chœur.

III

Avalon Park

– *Je crois que c'est rangé par ici. Oui, c'est bien ça, regardez : moi, je n'y connais rien.*

Nick gardait pour lui la foule de questions qui lui brulaient les lèvres. Après l'ouverture de la grille – elle était reliée à un système électrique –, il s'était empressé de retourner à la camionnette, qu'il avait pu faire rouler jusqu'à l'intérieur de l'enceinte. De là, tout en soutenant Roger qui était devenu une masse lourde et inerte, il avait suivi les deux enfants blonds jusqu'à l'un des bâtiments. D'autres camionnettes, semblables à celle qu'il avait empruntée, étaient stationnées de-ci de-là, portières parfois ouvertes, comme si on les avait laissées en plan dans une sorte de panique.

L'enseigne en forme de croix, au-dessus de la bâtisse, trahissait sa vocation médicale. Une fois dedans, Nick fut soulagé de constater qu'il s'agissait bien d'une infirmerie. Des lits aux montants tubulaires, tous munis de roulettes, s'alignaient de chaque côté d'un couloir, séparés par une cloison amovible. Au bout du couloir, une salle à l'éclairage vif abritait un bureau, quelques meubles, de nombreuses armoires en métal, et une table d'auscultation.

Nick fouilla un moment parmi les boites et les flacons que lui avait désignés l'enfant blond, avant de trouver ce qu'il cherchait. Il fit tomber un cachet dans sa main, et utilisa le lavabo situé dans l'un des angles pour remplir un verre d'eau. Alors, il aida son frère à s'installer sur la table, nuque relevée, et lui glissa le comprimé entre les dents. Roger maugréa et l'avala tout sec, sans même attendre la première gorgée d'eau.

– Bois un peu quand même, insista Nick.

– Après, Nick. Là, si je bois, je vais vomir.

– Tu vas avoir besoin d'un antibiotique. Il y en a sûrement, même si je ne suis pas sûr des noms.

Nick s'adressa aux deux enfants :

– Savez-vous s'il y a un thermomètre, ici ? Et des antibiotiques ?

Les deux tignasses couleur blé se tournèrent l'une vers l'autre, échangeant quelques propos confus. Finalement, penauds, ils annoncèrent :

– Oui, monsieur, mais on ne sait pas trop où.

– Très bien, je vais chercher.

Nick concentra donc ses recherches sur le thermomètre, qu'il finit par trouver sur un meuble en bois blanc.

– Ouvre la bouche, fit Nick en revenant vers son frère. Pour une fois que je ne te demande pas de la fermer, ne te fais pas prier !

Roger coinça l'embout métallique entre ses dents, et Nick observa le mercure grimper en flèche.

– Bon sang, Roger, 41 °C !

– Pas mal, hein ? répondit le garçon d'une voix morte.

Nick s'intéressa alors au bureau du médecin. Il y compulsa sans trop y croire un dictionnaire pharmaceutique, avant de chercher de la pénicilline dans la pharmacie elle-même.

– Quel dosage, au juste ? grinça-t-il entre ses dents.

Il se reporta à nouveau au dictionnaire, et une fois l'information obtenue – du moins, c'est ce qu'il espérait – il força Roger à avaler les pilules avec un trait d'eau.

– Ça va aller mieux, maintenant, j'en suis sûr. Repose-toi.

Roger retomba sur la table d'examen, les yeux clos. Il n'y avait plus qu'à attendre.

Nick s'approcha des deux enfants qui l'avaient observé sans un mot, les épaules serrées.

– Où sommes-nous ?

– À Avalon Park.

– Vous me l'avez déjà dit tout à l'heure. Mais je ne sais pas du tout de quoi vous parlez.

Les enfants le regardèrent avec une expression d'étonnement.

– Vous ne connaissez pas Avalon Park, monsieur ? C'est un parc d'attractions.

– Non, je ne connaissais pas. Et ne m'appelez pas « monsieur » ! Mes amis m'appellent Nick. Et je suppose que je peux déjà vous considérer comme des amis, après l'aide que vous venez de m'apporter. Va pour Nick ?

Les têtes blondes acquiescèrent.

– Et vous ?

– Je m'appelle Sheila, annonça la petite fille.

– Et moi, c'est Declan.

– Bien, alors reprenons à zéro. Nous sommes sur une ile, et cette ile est aussi un parc d'attractions. Nous ne devons pas être loin du continent ? Quel pays ? L'Italie ?

– Oui. La Sicile, déclara Declan après une petite hésitation.

– La Sicile, répéta Nick. D'accord. Nous en sommes à quelle distance ?

Sheila secoua la tête.

– Je ne sais pas. Pas si loin. Mais il faut quand même un bateau.

– Bon. Et où est ce bateau ?

– Il n'y a plus de bateaux. Ils sont tous partis.

Nick en resta tout songeur. Il retourna près de son frère pour s'assurer que sa respiration ne présentait aucune irrégularité, et constata qu'il dormait d'un sommeil moins torturé que les derniers jours. L'antibiotique devait commencer à agir.

– Declan, Sheila, j'aimerais beaucoup voir le reste de l'ile. Nous ne sommes pas dans le parc, là, n'est-ce pas ?

– Non. Ici, c'est pour les employés.

– Mais je peux vous montrer, si vous voulez, ajouta Sheila.

– Ce serait très gentil à toi. Declan, est-ce que je peux te demander de veiller sur mon frère ?

– Je dois surveiller quoi ?

– S'il s'agite, qu'il crie, qu'il a l'air d'avoir mal quelque part, débrouille-toi pour me prévenir, d'accord ?

– Ne vous inquiétez pas, je vous trouverai.

– Parfait. Oh, mais... ?

Le regard de Nick venait de se poser sur un poste de téléphone, fixé au mur, dans un coin si discret que le jeune homme ne l'avait pas encore remarqué. Il se rua dessus et décrocha le combiné. Au lieu d'une tonalité, il n'obtint qu'un silence hérissé de grésillements aléatoires. Il s'acharna malgré tout sur le cadran, espérant déclencher le miracle qui ramènerait la ligne à la vie. Mais rien : le silence dans le combiné devint soudain, pour Nick, la somme de tous les silences, la réponse de mépris à toutes ses questions.

– La ligne est coupée ? demanda-t-il d'une voix tremblante.

– C'est ce qu'a dit Nunzio, oui.

– Nunzio ? Qui est Nunzio ?

– Un « grand ». Mais pas aussi grand que toi. Un grand comme ton frère.

– Tu me le présenteras, Sheila ?

– Oui, on va forcément le voir. Lui et les autres.

Nick se retint de demander qui étaient les autres et suivit les enfants hors de la bâtisse. Après un moment, ils se trouvèrent face à une palissade en bois dans laquelle avait été percée une porte. Sheila l'ouvrit avec assurance et franchit le seuil.

Ce que Nick découvrit de l'autre côté l'émerveilla en même temps qu'il l'épouvanta.

Il s'agissait bien d'un parc d'attractions, avec ses montagnes-russes, sa grande roue, son train-fantôme, et probablement une foule d'autres manèges dissimulés derrière des devantures bariolées. Un parc de grande taille, certainement, car Nick ne parvenait pas à en discerner les limites. Il était ordonné de façon un peu chaotique de part et d'autre d'une longue avenue rectiligne flanquée de boutiques, de restaurants... Mais là où la foule aurait dû se presser, il n'y avait que le vide ; à la place des clameurs, des rires, des cris, de la musique, le silence régnait. À l'exception de quelques manèges qui tournaient à vide rien ne bougeait, tout paraissait éteint, étiolé, ridiculement immobile. Ce n'était même pas là un lendemain de fête : c'était une fête *interrompue*, frappée au cœur de sa joie, en plein éclat de rire. Sans bruit pour les justifier, sans badauds pour les admirer, ces géants de métal avaient des allures de monstres terrassés. La grande roue surplombait ce décor que la vie avait fui, déployant son ombre démesurée comme un démon le ferait avec ses ailes.

– Bon sang, finit par lâcher Nick, que s'est-il passé ici ? Ton frère et toi n'êtes quand même pas les seuls à vivre dans cet endroit ? Non, tu m'as parlé d'un...

– De Nunzio. Mais ce n'est pas le seul. On doit être une quinzaine, en tout. Peut-être vingt. Je n'ai jamais compté.

– Et depuis combien de temps ?

– Hum, je ne sais plus. Peut-être deux semaines ?

– Sheila... Peux-tu me dire, à la fin, ce qui est arrivé sur cette ile et pourquoi vous y êtes seuls ?

Ils dépassèrent un stand à hotdogs qui gisait sur le flanc, sa marchandise répandue sur le pavé en train de pourrir au soleil.

– Eh bien, commença Sheila sans s'arrêter de marcher, on était venus avec nos parents en bateau pour profiter du parc. Enfin, je parle de Declan et moi.

– Et les autres ? Ceux dont tu m'as parlé ?

– Ils étaient déjà là, je crois. On s'amusait bien.

– Ok, et ensuite ?

– Tout à coup, tous les manèges se sont arrêtés, et il y a eu une annonce dans les haut-parleurs. Je n'ai pas tout compris, mais en gros, on nous disait qu'il fallait quitter l'ile au plus vite.

– Pourquoi êtes-vous là, alors ?

– Eh ben… Il y avait un bateau rien que pour les enfants. On ne pouvait pas rester avec nos parents.

Nick se gratta le crâne.

– Un bateau rien que pour les enfants… Je ne comprends pas…

Elle haussa les épaules.

– C'est pourtant vrai. Il y avait des gens avec des uniformes, des fusils, même, qui nous obligeaient à monter dans un grand bateau.

– Tous les enfants ?

– Oui. Et ils empêchaient les parents d'approcher.

Nick prit quelques instants pour réfléchir, après quoi il reprit son interrogatoire :

– Admettons : ça ne m'explique toujours pas pourquoi vous êtes là, tous les deux.

– Eh bien, commença Sheila avec les yeux rouges, mes parents n'étaient pas d'accord. Ils ont voulu nous garder avec eux. Des gens avec des uniformes les ont attrapés et…

– Et… ?

– Ils leur ont fait du mal.

La fillette était trop bouleversée pour poursuivre. Nick, quant à lui, pressentait qu'il n'était pas raisonnable de trop lui en demander. Il attendit donc patiemment qu'elle se calmât.

– On a pris peur, avec mon frère, finit-elle par reprendre. Et on est partis en courant. On ne voulait pas monter sur le bateau avec ces méchantes personnes, puisqu'elles avaient fait du mal à nos parents. On s'est cachés dans le parc. Il y a plein de bonnes cachettes. Et puis, les adultes avaient l'air pressés de partir.

– Et les autres enfants ? Tu m'as dit que vous étiez plus nombreux que ça ?

– Nunzio, Chiara, et les autres, c'est différent. Ils n'étaient pas avec leurs parents.

– Comment ça ?

– Ils vous diront. Je ne sais pas s'ils ont tous des parents, d'ailleurs. En tous les cas, ils sont restés sur l'ile parce qu'ils en avaient envie.

Elle patienta avant d'ajouter :

– Et vous, pourquoi vous êtes là ?

– Je ne suis pas sûr de savoir moi-même. Dis-moi, Sheila... Quelle raison ont-ils donné pour ce départ précipité ?

– Je ne sais pas. Il s'est passé quelque chose à terre, apparemment.

– Tu veux dire un conflit ? Une guerre ?

– Oh, non, pas ça. Non, je crois qu'il y a des gens... malades.

Nick enregistra l'information sans la commenter.

Ils avaient désormais parcouru un bon tiers de l'avenue principale. Cette succession ininterrompue de restaurants et de manèges vides l'emplissait d'un profond malaise. Ce n'est qu'après avoir vu son dixième mannequin habillé en chevalier en armure, qu'il se frappa le front.

– Avalon... On est ici dans un parc sur le thème du roi Arthur, c'est bien ça ?

– Oui, c'est ça, dit la petite fille. Il a ouvert cette année.

– D'accord. Pas très italien, comme thème.

– Non. Mais ça n'a pas été créé par des Italiens. Sûrement par des Anglais, comme vous. Ou des Américains. Il parait qu'ils ont choisi cette ile pour le climat. On devait y passer trois jours. Il y a des hôtels, près de l'entrée du parc.

– Tu me montreras ça. J'imagine que c'est là où vous avez dormi, depuis tout ce temps ?

– Oh non, ce n'est pas drôle, un hôtel. Il y a d'autres endroits bien plus amusants pour dormir !

L'artère principale croisa une allée plus petite, qui menait directement à un immense édifice d'inspiration médiévale. Massif, peu élancé, il évoqua à Nick le château de Tintagel dans les Cornouailles, le lieu supposé de la naissance du roi Arthur.

– Il y a quoi, là-dedans ? demanda Nick.

– Des jeux. Et deux dragons.

– Des dragons ?

– Oui. Mais maintenant, ils ne bougent plus. Nunzio a peut-être trouvé comment on les active.

« *Cela ne m'aidera guère à sortir d'ici* », songea Nick.

Sheila montra un point distant du doigt.

– La vraie entrée du parc est par là. Avec les grandes grilles, et tout. Et on a trouvé un raccourci pour aller jusqu'au port. C'est le port que vous vouliez voir, pas vrai, Nick ?

– Oui, j'aimerais bien, Sheila. Mais il faut que tu me tutoies.

– Ça ne... *te* dérange pas ?

– Non, pas du tout.

– D'accord, alors.

Nick se demanda si tout allait bien pour Roger. Ils avaient marché un long moment dans ce parc fantôme, et si l'état de santé de Roger s'était dégradé, Declan aurait fort à faire pour les prévenir. Il se rassura en se disant qu'il était nécessaire d'agir et trouver de véritables secours au plus vite.

Il suivit Sheila sans plus dire un mot, et ils obliquèrent à travers un dédale de ruelles jusqu'à parvenir à un panorama dégagé. À nouveau, la mer faisait face à Nick. Il pouvait distinguer, à sa gauche, le débarcadère qui devait mener les arrivants directement aux grilles du parc d'attractions. Pourtant, aucun bateau n'était à quai et le lieu paraissait aussi triste et désolé que le reste du parc. À leur droite, une tour crénelée faisait office de phare. Sheila invita Nick à l'y suivre.

Ils s'aventurèrent dans un interminable escalier en colimaçon, et atteignirent, un peu essoufflés, le sommet de la tour. Il s'y trouvait un confortable bureau orné d'instruments pas toujours identifiables, avec un journal de bord et un poste téléphonique. Par acquis de conscience, Nick décrocha le combiné, et sans surprise, la ligne ne donnait pas davantage signe de vie qu'au sol. Sheila entraina Nick jusqu'aux baies vitrées qui offraient une vue panoramique sur le parc et le large. Une paire de jumelles était arrimée à un trépied, face à la mer.

– Regarde, Nick.

Le jeune homme colla ses yeux sur les lunettes, et ajusta l'optique à sa vue. Au bout de quelques instants, il s'écria :

– Bonté divine ! C'est vrai qu'on voit la côte !

– Oui, elle n'est pas trop loin. Enfin, en bateau, on met quand même une heure.

– Hum... Impossible d'y aller à la nage, c'est certain. Il y a une jolie ville, en face, on dirait ?

– Oui, une assez grande ville. C'est là qu'on a embarqué. Mais il ne s'y passe plus rien.

– Comment ça ?

– Le soir, la ville est éteinte. Pas une seule lumière. Et en journée, on ne voit rien bouger non plus. C'est bizarre, hein ?

– Plus que bizarre, grommela Nick. Tu es sûre de toi ?

– Certaine ! On regarde tous les jours.

C'est comme si là-bas, tout le monde était mort.

IV

Nunzio

Roger, grelottant malgré la couverture posée sur ses épaules, s'était assis sur le rebord de la table d'auscultation. Malgré tout, il faisait moins peine à voir que quelques heures plus tôt.

– Tu as l'air soucieux, Nick, fit le malade en claquant des dents.

– Je m'inquiétais pour toi.

– Non, il y a autre chose, j'en suis sûr. Qu'est-ce que tu as vu ?

Nick soupira.

– J'ai vu le reste de l'ile. Figure-toi que nous sommes bel et bien dans un grand parc d'attractions sur le thème du roi Arthur, à portée des côtes de Sicile.

– D'accord. Et si tu es soucieux, c'est que nous sommes coincés, je suppose ? Tu n'as pas trouvé de quoi rejoindre la côte ?

– Non, pas pour le moment. Il y avait des sortes de navettes, mais elles ont fini au fond de l'eau. Et impossible d'atteindre le continent à la nage. C'est trop loin.

– Trop loin, vraiment ?

– Vraiment. Sans parler des courants, des requins, des récifs... Bref, il va falloir trouver un autre moyen de déguerpir. Bien sûr, aucun moyen de communication ne fonctionne.

– Est-ce si grave ?

– Je te demande pardon ?

– Ce n'est peut-être pas si mal, par ici. S'il y a de quoi manger, dormir et boire, je veux dire. Et c'est le cas, apparemment. Sauf si les gosses qui nous ont accueillis sont des fantômes.

– Roger, franchement… Il te faudrait un vrai médecin.

– Tu as toujours rêvé de l'être.

– C'est vrai. Hélas, ça ne m'a pas donné la science infuse. Et puis, autre chose me tracasse. Declan et Sheila ne sont pas les seuls enfants à être coincés ici avec nous. Il y en a d'autres, que je n'ai pas encore vus… mais quelque chose me dit qu'on ne va pas tarder à être présentés.

– Pourquoi ça te tracasse ?

– Je ne sais pas, un pressentiment.

Nick entama un exposé détaillé de ce qu'il avait découvert lors de sa promenade en compagnie de Sheila.

Pensif, Roger finit par demander :

– Dis-moi… parmi ces autres enfants… Tu as mentionné un certain Nunzio. Quel âge a-t-il ?

– Je ne sais pas. Mais il est plus jeune que moi, d'après Sheila.

– Tant mieux, lâcha Roger avec peine. Je serais quand même rassuré si tu étais toujours le plus grand et le plus fort. Je me sens protégé.

– « Protégé »… répéta Nick rêveusement. Protégé de quoi, hein ?

– On ne sait jamais d'où vient le danger, non ?

– Je ne sais pas. Dis-moi : tu n'es toujours pas en état de marcher ?

– Je *peux* marcher, mais je n'en ai aucune envie. J'ai juste envie de dormir mille ans.

– J'ai vu une chaise roulante, à côté. Je te mets dedans, et on trouve un endroit plus hospitalier ?

– Je veux bien. Merci Nick. Au fait, où sont partis nos petits protecteurs ?

– Declan et Sheila ? Sûrement avec les « autres enfants ». On les retrouvera bien !

Une fois Roger installé sur la chaise, son grand frère entreprit de le faire sortir de l'infirmerie et prit la direction du parc.

À son tour, Roger put donc observer les surprises que l'endroit réservait, et s'imprégner de l'étrangeté de toutes ces festivités fauchées en plein vol.

Alors qu'ils progressaient vers le port, là où se trouvaient les hôtels, Nick sentit sur ses épaules le poids d'un regard – de plusieurs regards, peut-être. Bientôt, il n'y eut plus aucun doute : on les observait. Il cessa de marcher, figé devant une tour en carton-pâte qui abritait une boutique de bibelots. Il perçut de petits pas légers, quelques frottements d'étoffe. L'observateur se soustrayait toujours à sa vue.

– Quelque chose ne va pas ? s'inquiéta Roger.

– Je ne sais pas.

– Dis, maintenant que la fièvre tombe un peu, je me rends compte que je suis en train de crever de faim. Et de soif.

– On a tous les deux besoin de prendre des forces, tu sais.

Nick changea alors de direction et emprunta une artère plus étroite, dans laquelle il avait aperçu une enseigne à l'aspect encourageant. Ses espoirs se confirmèrent quand il put contempler une devanture baignée par une lumière tamisée où s'empilaient boites de gâteaux, pâtisseries, sucreries, agencées pour donner l'illusion d'un opulent banquet médiéval.

– On devrait trouver notre bonheur là-dedans.

La porte de la boutique était ouverte, et Nick n'eut qu'à la pousser un peu pour manœuvrer la chaise roulante à l'intérieur. Roger s'approcha d'un plateau de viennoiseries, en saisit une et la tapota contre le comptoir : elle était dure comme de la pierre.

– Évidemment, on ne pourra rien consommer de frais. Dommage. Je suis étonné qu'il n'y ait pas déjà des rats partout.

– Eh bien, déjà, il y a nous, ricana Roger depuis sa chaise.

– Roger… Bon, en revanche, il y a de quoi faire avec les biscuits secs. Une préférence, petit frère ? Raisins, chocolat ?

– Il n'y a pas d'honnêtes biscuits anglais, plutôt ? Des *shortbreads* faits avec du beurre, de la farine, et c'est tout ?

– Laisse-moi regarder… Hum, ça doit s'en approcher, ça.

Nick se saisit d'un des paquets qui ornait l'une des nombreuses étagères, et le tendit à son frère. Roger déchira le carton d'emballage à la hâte, et se mit à croquer deux biscuits à la fois.

– Ah, Nick ! Je crois que je n'ai jamais rien mangé d'aussi bon. Cela dit, au point où j'en suis, j'aurais l'impression de faire un festin en mangeant mes semelles.

– En tous les cas, fit Nick en croquant à son tour dans un biscuit, voilà qui va nous aider à tenir.

En continuant son exploration de la boutique, le jeune homme découvrit une véritable mine d'or : un stock de boissons fraiches, variées, tenues au froid par un système de réfrigération qui, semble-t-il, fonctionnait toujours.

– Roger…

– Oui ?

– Cela fait plusieurs mois que j'ai découvert que tu te servais dans la réserve de cidre de père, tu sais.

– Oh…

– Ce n'est pas de ton âge.

– Je sais bien, mais ce n'est quand même pas comme si…

– Chut ! Laisse-moi finir. J'allais te dire que même si je désapprouve… je crois que tu as bien mérité qu'on fasse une exception aujourd'hui.

Le son suivant fut le « pop » caractéristique du gaz qui s'échappe d'une bouteille que l'on débouche. Nick, triomphant, versa du cidre mousseux dans un gobelet en carton qui trainait sous le comptoir, et le tendit à Roger qui le vida d'un trait.

– Eh bien, quelle descente ! Parfois, j'ai honte de toi, petit frère.

– Eh oui, je suis tous tes mauvais côtés. On m'a fait naitre pour te rappeler ce que sont les vices, puisque tu n'en as aucun toi-même.

Nick leva les yeux au ciel :

– Mon Dieu, tu vas mieux, c'est indéniable.

Roger avait fermé les yeux, une expression de félicité sur le visage. Il s'assombrit tout à coup.

– Nick, je sais que tu es mon grand frère et que tu veux me protéger par tous les moyens possibles, mais j'ai bien senti que quelque chose te troublait, tout à l'heure. Et si tu veux savoir, moi aussi, j'ai eu une impression bizarre.

– D'accord, je l'admets : je crois qu'on nous espionne. Je suppose qu'ils veulent un peu voir à quoi on ressemble avant de prendre contact. C'est humain.

Ils ressortirent de la boutique pour récupérer l'artère principale. À nouveau, il eut l'intuition d'un observateur invisible qui épiait leurs gestes. Pourtant, pas plus que la première fois, il ne fut en mesure de localiser celui ou ceux qui jouaient ce rôle de vigie.

Et puis, après un petit moment, Roger déclara :

– Nous allons avoir de la visite.

Il avait vu juste. Une jeune fille aux cheveux noirs, habillée d'un pantalon bouffant et d'une chemise trop large, surgit devant eux. Elle resta plantée sur place, bras croisés, dans une attitude de défi. Enfin, d'autres silhouettes sortirent de nulle part, encerclant petit à petit Roger et Nick. Ce dernier nota que conformément aux dires de Sheila, ils étaient d'âges variés et tous plus jeunes que lui.

De ce groupe se détacha un garçon aux cheveux châtains, vêtu seulement d'un pantalon en lin qui n'avait pas dû afficher sa couleur d'origine – blanc ? gris ? – depuis longtemps. Pieds et torse nus, ou presque : un foulard léger entourait son cou – il présentait une silhouette fine, tout en muscles nerveux. Cette sécheresse se lisait aussi sur son visage ; le garçon devait avoir à peu près l'âge de Roger et pourtant, ses traits présentaient la dureté de ceux qui ont déjà connu mille vies et autant de malheurs. Son regard d'azur, que son hâle faisait ressortir avec d'autant plus d'éclat, accentuait encore l'impression de froide détermination qui se dégageait de lui.

La jeune fille vint se placer sur sa gauche, un pas derrière lui, comme si elle était sa garde du corps. Un couteau de cuisine, passé sommairement dans sa ceinture, refléta un instant un rayon de soleil, si fort que Roger en cligna des yeux. Bientôt, Nick put reconnaitre Sheila et Declan, qui se tenaient très légèrement à l'écart du groupe.

– Tu es Nunzio, je présume ? commença Nick.

Il n'eut en retour qu'un regard d'azur, pas même troublé par un clignement de cils.

– Je m'appelle Nick Bowles, et voici mon frère Roger.

– Je sais qui tu es, finit par répondre le garçon. Qu'est-ce que vous faites ici ? La *vraie* raison.

Il s'était exprimé dans un anglais correct bien qu'un peu hésitant.

– Je crois que Declan et Sheila te l'ont expliqué ?

Une moue ironique se dessina sur le visage du garçon.

– Ils m'ont dit des choses, mais je ne sais pas si c'est vrai.

– Je ne compte pas continuer à te parler si tu ne te présentes pas à ton tour.

Le garçon ne répondit pas immédiatement et ses lèvres remuèrent imperceptiblement, comme s'il traduisait à voix basse les mots qui venaient d'être prononcés. Finalement, de mauvaise grâce, il dit :

– Ok. Je suis Nunzio, oui.

Nick fit un pas vers lui, la main tendue avec tellement d'assurance que Nunzio, pris au dépourvu, l'accepta sans trop réfléchir. Maintenant qu'ils étaient près l'un de l'autre, leur différence de gabarit sautait aux yeux : Roger dépassait aussi Nunzio d'une bonne tête, et il était aussi plus large. Aussi le jeune Italien écourta-t-il ce moment en s'écartant vivement, avant de se mettre à tourner autour de Nick et Roger comme s'ils étaient des bêtes prises au piège. Nick sentit qu'il cherchait à rééquilibrer le rapport de forces. Il nota également que la jeune garde du corps de Nunzio avait porté la main au manche de son couteau.

– Je voudrais emmener mon frère jusqu'à une chambre confortable, reprit Nick. Il est malade. Il a besoin de repos.

– Ah oui, *è malato* ! Le pauvre ! ironisa Nunzio.

– Tu pourrais nous indiquer le chemin ? insista Nick. Tu as l'air de connaitre très bien cet endroit.

Nunzio haussa les épaules.

– Mieux que personne. Je suis le roi, ici, pas vrai ?

Il se tourna vers les gamins qui s'était massés derrière lui et leva les bras. Une clameur enthousiaste monta de ce chœur improvisé, et vint résonner dans le parc tout entier.

– Dans ce cas, je me permets d'insister... reprit Nick.

– Doucement, *l'inglese*, je crois que tu n'as pas très bien compris. Je suis le roi, pas le guide.

Nick fronça les sourcils et fit un pas en avant. Un pas en apparence insignifiant, mais dans lequel il tâcha de mettre tout son poids. Nunzio eut un imperceptible mouvement de recul, et Nick en fut satisfait : il avait désormais la certitude d'impressionner le jeune Italien. Souffler le chaud et le froid demeurait à ses yeux la meilleure option, et il adopta, à nouveau, une posture plus humble.

– En ce cas, peut-être pourrais-tu nous « prêter » quelqu'un ? Je connais déjà Sheila et Declan.

Nunzio tordit la bouche.

– Oui, Sheila a l'air de bien vous aimer. Elle va vous dire où aller. Mais attention : il y a des règles, ici.

– Tu ne prends rien sans mon accord. Si tu as faim, c'est moi qui décide si tu manges. Si tu as soif, c'est moi qui...

– ... *décide si tu bois*, le coupa Roger qui, jusqu'à présent, n'avait pas encore dit un mot.

Nunzio eut un petit rire de défi, et fronça les sourcils :

– Alors, il n'est pas muet, le malade.

– Non, commenta Roger. Je ne suis pas muet, et je n'ai pas attendu ta permission pour manger et boire. Tu vas faire quoi, si on te désobéit, joyeux *buffone* ?

C'était là l'un des rares mots d'italien que Roger connaissait, mais à l'expression de colère de Nunzio, il était évident qu'il avait fait mouche. Nick maudit le caractère grincheux de son frère, et chercha les mots pour apaiser la tension. En un instant, cependant, les choses basculèrent. Nunzio avait tiré un revolver de son pantalon – il devait l'avoir caché dans son dos – et le pointait droit vers la tête de Roger. Ce dernier blanchit, sans se départir de son calme pour autant.

– Eh bien, eh bien... Quelle nervosité. Tu ne comptes pas vraiment t'en servir, n'est-ce pas ?

Nunzio arma le percuteur.

– Je m'en suis *déjà* servi, l'*inglese*.

Nick sut immédiatement qu'il disait vrai. Il pouvait lire cette vérité dans chaque paire d'yeux posée sur lui, derrière le moindre tic nerveux de ces enfants formant le curieux aréopage de Nunzio. La peur flottait désormais au-dessus du groupe, et comme une mauvaise odeur, elle rampa jusqu'aux deux frères.

Nick n'hésita qu'un court instant. S'il s'y prenait bien, il pouvait désarmer Nunzio et lui faire passer un mauvais quart d'heure. À l'inverse, la moindre petite erreur – une hésitation, un faux-pas – et c'était l'accident fatal. Il misa donc sur la prudence.

– D'accord, Nunzio. Tu as l'arme, tu es le roi. Et nous ? Sommes-nous tes prisonniers ?

Nunzio s'esclaffa.

– Prisonniers ? Non ! Seulement, c'est moi qui commande, d'accord ? On m'obéit. On respecte les règles.

Roger, depuis son siège, observait la scène avec un flegme apparent. Il aurait fallu s'approcher tout près de lui pour remarquer les quelques gouttes de sueur qui perlaient sous sa mèche.

La tension ne baissait pas. On pouvait sentir l'excitation de Nunzio rien qu'à sa manière de tenir son arme. Alors, tout à coup, Nick décida de désamorcer la situation.

– D'accord, alors dit-il. On t'obéit, tu es le chef. En attendant, est-ce que l'on peut se reposer quelque part ? Nous sommes épuisés et…

– … et ton *fratello* est malade, *sì*. Sheila, on a des invités de la bonne société. Installe-les bien, d'accord ?

La petite Sheila fendit le groupe, tremblante, et ne se calma qu'au moment où Nunzio eut jugé bon de ranger le revolver dans son pantalon.

– Je vous ai à l'œil, les Anglais, ajouta Nunzio. Si vous essayez de me doubler, je le saurai.

– De te doubler pour quoi, au juste ? s'agaça Nick. Nous nous sommes échoués ici par accident. Tout ce que l'on veut, c'est rentrer chez nous. Plus vite on sera repartis, plus vite tu auras la paix. Et de toutes les manières, je ne vois pas pourquoi on ne pourrait pas s'entendre.

Nunzio cogita un moment. Avait-il seulement compris tout ce que Nick venait de dire ? Enfin, il annonça :

– Le repas est ce soir à six heures. Ne soyez pas en retard.

Il leva son pouce, tendit son index, pour figurer un pistolet, et émit un petit « pan » entre ses lèvres. Alors, le groupe s'éloigna et Nick, Roger et Sheila se retrouvèrent seuls.

– Ouf, avec lui, ça aurait pu être pire ! souffla, soulagée, la petite fille.

V

Le banquet

Nick arpentait les couloirs de l'hôtel, cherchant en vain une solution providentielle.

Derrière l'enceinte extérieure, aux allures médiévales, l'établissement présentait un aspect qui, en d'autres circonstances, aurait paru assez ordinaire à ses occupants. Maintenant que ses longs couloirs étaient vides, envahis par la pénombre, c'est une impression sinistre qui persistait.

Roger était tombé de sommeil à peine sa joue posée sur l'oreiller. Nick en avait donc profité pour faire connaissance avec leur nouvel environnement. En une heure, il était déjà parvenu à trouver des vêtements à sa taille dans une remise pour le personnel de l'hôtel, une cuisine remplie de nourriture conservée soigneusement au froid, et une gigantesque salle de jeux. Il essaya l'un des billards, mais le cœur n'y était pas et il reposa la queue là où il l'avait trouvée.

À ce stade de ses observations, Nick était parvenu à plusieurs conclusions. La première, c'est que le parc n'avait pas été touché par une quelconque pénurie d'électricité. Soit il possédait sa propre source d'alimentation, soit il était raccordé au continent. Si tel était le cas, peut-être toute vie ne l'avait donc pas déserté ; combien de temps les générateurs pouvaient-ils fonctionner sans l'action de l'homme ? En découvrant l'immense terrasse surplombant le parc, Nick avait pu se rendre compte que l'un des manèges, une sorte de montagnes-russes, avait été remis en service. Les enfants, derniers occupants de l'ile, avaient donc dû apprendre à activer et désactiver les manèges. Il commença par se demander comment ils pouvaient tous s'adonner à une activité aussi futile alors qu'ils étaient abandonnés à eux-mêmes ; et puis, il se revit quelques minutes plus tôt avec sa queue de billard à la main et conclut qu'il n'était pas très bon juge.

Les sources d'interrogation ne manquaient pas pour le jeune homme. Rien n'avait de sens, rien ne semblait porté par la moindre logique. L'attitude de son père, l'évacuation du parc, le sort apparemment réservé aux enfants... Si une guerre avait éclaté sur le continent, son père pouvait avoir des raisons de les débarquer pour leur éviter de se retrouver dans la gueule du loup à la prochaine escale. D'autant que l'ennemi, quel qu'il fût, se trouvait peut-être déjà sur le bateau. Et cela devait être un danger monstrueux pour qu'on lui préférât celui d'une chaloupe de sauvetage lancée en pleine mer. Pouvait-il s'agir d'autre chose ? Tout à coup, Nick songea qu'il existait peut-être, dans cet hôtel, une source d'information plus fiable que les dires des enfants. Un journal, peut-être ? L'ile devait être ravitaillée par le continent régulièrement, en même temps que les navettes déversaient les touristes dans le parc. Nick se mit alors à la recherche du bureau de la direction de l'hôtel. Il le trouva au rez-de-chaussée, au fond d'un couloir décourageant à force d'être long. Lui non plus n'avait pas été verrouillé, et la pièce impersonnelle semblait figée dans l'ambre de la minute où elle avait été désertée. Nick commença à inspecter les papiers qui s'y trouvaient encore, sans grand succès : il ne s'agissait que de factures, bons de commande, et de feuilles de salaire. Il se mit à observer les quelques meubles qui décoraient l'espace, avant d'y découvrir ce qu'il était venu chercher : un journal dont la date était antérieure de quelques jours à leur dérive en mer. Hélas, il s'agissait d'un journal italien, et si Nick parlait correctement le français, la langue de Dante lui était plus ou moins inconnue. Pourtant, il s'efforça de déchiffrer les gros titres, misant sur la proximité avec la seule langue latine qu'il connaissait. Ce fut une lecture pénible, durant laquelle, sans même s'en rendre compte, il en vint à se caler tout au fond du bureau du directeur.

« *Bonté divine, ils ne pourraient pas parler anglais comme tout le monde, dans ce fichu pays ?* », grogna Nick. Dehors, on sentait l'après-midi toucher à son terme.

Alors que le courage l'abandonnait, l'œil de Nick fut attiré par une image, reléguée à la dernière page de ce qui paraissait être les nouvelles internationales. On y voyait une scène de foule dans un pays d'Asie – de toute évidence la Chine – et des expressions paniquées sur les visages. Sans comprendre l'article, Nick eut l'impression que celui-ci était relié, d'une façon ou d'une autre, au mystère qui les touchait actuellement. La Chine était bien loin de la Méditerranée, mais rien n'était impossible. Il déchira la page, la rangea dans une poche, et se hâta d'aller rejoindre son frère. Il trouva Roger les yeux ouverts, allongé dans le confortable lit double de sa suite familiale.

– Ça va mieux, Roger ?

– Oui, je crois que ça va. Ou plutôt, que ça va aller. Merci pour tout, grand frère.

– Je ne m'attendais pas à ce que l'on passe aussi vite d'une embarcation de sauvetage à un hôtel de luxe, je dois dire. Mais rien ne vaut un bon lit pour se retaper.

Roger se redressa, tout en tirant la couverture jusqu'à son menton.

– Tu penses quoi de tous ces enfants ?

– Difficile à dire, Roger. Il faudrait faire mieux connaissance.

– J'aime bien Nunzio, lâcha alors Roger.

– Nunzio ? Celui qui t'a menacé avec une arme ? Tu l'*aimes bien* ?

– Oui. Il est franc du collier, au moins.

– Ah, pour ça oui. Mais il prétend s'être servi de son 38. Ça ne t'inquiète pas plus que ça ?

– Il avait peut-être des raisons, fit distraitement Roger.

– Des raisons ?

Roger amorça le geste de descendre du lit. À peine fut-il debout sur ses jambes que celles-ci se mirent à flageoler, et il regagna sa place immédiatement.

– Les deux petits Irlandais ne nous ont pas tout dit, si tu veux mon avis. J'ai l'impression que Sheila sait pourquoi le parc a été évacué. Il y a quelque chose qui nous échappe.

– Comme quoi ?

– La décision de séparer les enfants et leurs parents était forcément motivée par quelque chose.

Nick se posa un moment pour réfléchir.

– Et à quoi penses-tu ?

– Quelque chose me dit qu'on ne va pas tarder à le savoir.

Nick s'étira.

– Peut-être que la décision de père est liée à tout ça.

– Oui.

– Je me demande où nos parents se trouvent, en ce moment. Pas toi ?

– Franchement, Nick ? Non.

Nick ne chercha pas à répondre quoi que ce soit, et se contenta d'ajuster les manches de sa veste.

– C'est bientôt l'heure du repas. Tu penses que tu seras capable d'y aller sur tes pieds, Roger ?

– Oui, je vais beaucoup mieux.

– Je suis curieux d'en savoir plus sur ce Nunzio, ajouta Nick.

– Nunzio le pirate... Oui. En attendant, je vais me reposer encore un tout petit peu.

– Profite, mais nous n'avons plus beaucoup de temps.

Roger avait déjà fermé les yeux.

*

La salle de réception était située sous une monumentale coupole vert émeraude, bâtie dans un style industriel qui n'évoquait en rien le Moyen Âge. Un immense restaurant où une multitude de tables de dimensions variées occupaient l'espace de façon presque anarchique. Des petites tablées, des grandes tablées, des tablées pour familles, pour amoureux, pour enfants... Il y avait de tout, et dans des quantités vertigineuses. En l'absence du public habituel, tout paraissait plus grand et démesuré qu'en temps ordinaire. Ça et là, on retrouvait quelques décorations dans le thème du parc – en particulier un immense lustre à chandeliers électriques qui pendait depuis le faîte du dôme au bout d'une chaîne.

Quand Nick et Roger pénétrèrent dans l'édifice, celui-ci résonnait des cris et des rires des enfants déjà attablés. Mais alors qu'ils approchaient des tables occupées, le bruit s'atténua, laissant place à un murmure chargé de curiosité.

Nunzio – cela ne pouvait être que lui – avait agencé un certain nombre de tables de manière à former un cercle. Sa propre chaise avait été légèrement surélevée par rapport aux autres, et décorée avec des ornements prélevés dans le parc. C'était son petit trône de pacotille, depuis lequel il observait ses « sujets », toujours flanqué de la jeune fille au couteau : ces deux-là semblaient se connaitre depuis un moment.

– Ah, les Anglais ! s'exclama Nunzio en claquant des mains. Venez, prenez place autour de la table ronde.

Ils s'installèrent tout près de lui, entre deux préadolescents à la bouche dégoulinante de crème glacée. Pourtant, ce n'était pas vraiment l'heure du dessert. Nunzio lui-même s'appliquait à avaler ce qui ressemblait à du blanc de poulet pané, qu'il consommait à la main, sans couvert. Chacun, autour de la table, bâfrait gaiement des plats très divers.

– Qu'est-ce que je peux vous proposer, les Anglais ? fit Nunzio. Il y a tout ce qu'on veut, ici.

– Je donnerais cher pour manger de la bonne vieille nourriture de chez nous, déclara Roger un peu songeur. Une bonne purée de pomme de terre, des petits pois... et une pièce de viande cuite à cœur. Mon frère aussi, à mon avis. Mais tu n'as pas ça, pas vrai, le roi ?

Nunzio haussa les épaules.

– Si, je pense qu'on peut vous trouver ce que tu dis. Vittorio ?

Il claqua des doigts en regardant l'un des enfants du coin de l'œil. Un petit garçon aux cheveux courts se leva en s'essuyant la bouche du revers de la main, et s'en fut vers une pièce qui devait être les cuisines ou, à minima, le garde-manger.

– Il parle un peu anglais, expliqua Nunzio. Il a compris ce que vous voulez. Il va sûrement pouvoir vous satisfaire.

Nunzio, régnant au milieu de cette tablée, avait l'air moins farouche qu'un peu plus tôt. Il se trouvait dans son élément, et il était évident qu'il s'en réjouissait. Il donnait des ordres, on lui obéissait, mais surtout, il semblait grisé par l'opulence dont il avait la maitrise. On pouvait imaginer un garde-manger considérable : des milliers de visiteurs devaient être servis chaque jour, et peut-être le ravitaillement n'avait-il lieu qu'une fois par semaine, ou plus rarement encore. Avec un nombre de convives réduit à deux dizaines, les réserves ne manqueraient pas de sitôt.

– Nunzio, commença Nick en attendant sa viande, maintenant que nous avons enterré la hache de guerre, j'aimerais que tu m'expliques un peu ce qui vous est arrivé, à toi et aux autres.

Le visage du jeune Italien s'assombrit.

– Ce n'est pas le moment, l'Anglais. Profite de ton repas.

– Je m'appelle Nick, pas « l'Anglais ». Commençons sur de bonnes bases, tu veux bien ?

– Ok, *Nick*. Si tu veux qu'on parle sérieusement, on parlera sérieusement... un peu plus tard. Pour le moment, il faut juste profiter. On voit bien que pour toi, c'est normal de manger comme on veut. Pas pour moi. Et pas pour lui, elle, elle, lui encore...

Il se mit à pointer du doigt les enfants autour de la table, passant sans s'y arrêter sur Sheila et Declan.

– Nunzio a raison, fit enfin Roger. Profitons, pour une fois qu'on n'a aucun adulte sur le dos et qu'on peut mettre les coudes sur la table. Ou faire des rots en toute quiétude.

Nunzio éclata de rire.

– Voilà ! Il a tout compris, lui !

Le repas se poursuivit dans le même brouhaha. Aucun des enfants ne paraissait inquiet. Et pourquoi l'auraient-ils été, songea Nick ? Ils disposaient ici de tout ce qu'ils désiraient, en quantités illimitées. Et contrairement à ce que le jeune homme avait imaginé, Nunzio n'était que bienveillance avec toute sa petite cour, veillant à ce que chacun ne manquât de rien. Toutefois, on ne pouvait pas s'empêcher de remarquer son revolver, posé devant son assiette à côté de son verre de jus de pomme. C'était là une menace discrète, silencieuse... mais une menace tout de même.

Quand chacun eut terminé, une petite fille aux boucles noires demanda à sa majesté Nunzio si elle et ses amis pouvaient aller jouer à l'extérieur. Nunzio marmonna quelques mots en italien, que ni Roger ni Nick ne comprirent à l'exception de « *notte* » ; ils en conclurent, non sans raison, qu'il leur donnait la permission jusqu'à la tombée de la nuit.

– Je suis fatigué, je vais rentrer de mon côté dit Roger.

– Très bien, je t'accompagne.

– Non, je peux y aller seul. Tu veux parler à Nunzio, il me semble. Tu me raconteras.

– Et si tu fais un malaise ?

– Je ne ferai pas de malaise. Ne t'inquiète pas.

Roger se leva, mais plutôt que de quitter la salle, il s'approcha de Nunzio et lui dit :

– Merci pour ton hospitalité, Nunzio.

– Sans rancune pour tout à l'heure ? répondit l'Italien.

– Sans rancune. Dis-moi… tu te débrouilles fichtrement bien en anglais. Et tu n'as pas une tête à l'avoir étudié à l'école.

Nunzio secoua la tête.

– Non. Mais c'est une des choses qu'il faut savoir. Quand on fait ce que je fais.

Il semblait attendre que Roger rebondisse sur cette déclaration et cherche à en savoir plus. Mais le jeune Anglais, peut-être parce qu'il ne voulait pas se montrer trop curieux, peut-être parce qu'il estimait que faire ce que l'on attendait de lui l'aurait mis en position d'infériorité, ne releva pas. À la place, il salua respectueusement son jeune hôte, et s'en fut, bientôt suivi de petits groupes d'enfants. Il ne resta alors plus que Nick, Nunzio, et la jeune fille qui n'avait pas desserré les dents de tout le repas.

Ce fut Nunzio qui brisa le silence avant qu'il ne devînt trop pesant.

– Tu aimerais le prendre, hein, *Nick* ?

– Prendre quoi ?

– Le pistolet. Je t'ai vu le regarder, pendant le repas. Tu te dis que si je n'ai plus le pistolet, tu peux faire de moi ce que tu veux. Pas vrai ?

Nick leva les yeux au ciel.

– Je me moque bien de prendre ta place ou de te faire quoi que ce soit, Nunzio. Tu sais très bien ce que je veux : partir d'ici. Si tu ne m'en empêches pas, il n'y a aucune raison pour que nous soyons ennemis.

Le jeune garçon plissa les yeux.

– Ce que je ne comprends pas, c'est pourquoi tu veux partir. Nous ne sommes pas les bienvenus ailleurs.

– Qu'est-ce que tu racontes ?

Nunzio ramassa son pistolet, et s'amusa à le faire tourner autour de son index.

– Tu m'as dit que tu étais naufragé, toi et ton frère. Qu'est-ce qu'il vous est arrivé ?

– Nous étions en croisière avec les parents, et quelque chose s'est produit. Mon père a eu accès à des informations importantes, et il nous a mis sur une embarcation de sauvetage.

– Il vous a flanqués à l'eau ?

– Oui, pour nous protéger.

Nunzio éclata d'un rire tellement inattendu, tellement sonore, que Nick en eut froid dans le dos.

– Pour te protéger, hein ? *Meschino* ! Il ne cherchait pas à vous protéger. Il cherchait à se protéger lui-même !

Nick frémit. L'affirmation de Nunzio offrait un écho sinistre à ses propres doutes, des doutes qu'il avait tâché de mettre en sourdine depuis le premier jour, tellement forts qu'il ne chercha même pas à protester et renchérit plutôt :

– Explique-moi ce que tu entends par là. Pourquoi aurait-il cherché à se protéger de nous ?

– Parce que c'est ce qu'ils font. Les adultes. C'est pour ça que nous sommes là, entre nous. Les enfants, pour eux, c'est de la vermine ! Ils les parquent comme du bétail à abattre.

Nick repensa à ce que Sheila lui avait raconté : les parents séparés de leurs enfants, les deux navires distincts...

– Les adultes ont peur des enfants, maintenant. Et tu sais ce qui se passe quand on a peur d'une araignée, d'une guêpe ?

Il claqua dans ses mains avec un air satisfait.

Nick leva les mains au ciel en signe d'agacement.

– Je ne comprends rien à ce que tu baragouines, Nunzio. Les adultes ont peur des enfants ?

– Chiara, explique-lui, fit Nunzio en s'adressant à sa « garde du corps ».

La jeune fille chercha ses mots un moment.

– Il y a en ce moment quelque chose, dehors... un mal... une mal... Ah, comment ça se dit ?

– Une maladie ?

– Oui, une maladie. Une maladie qui touche les adultes, mais pas les enfants. Je ne sais pas d'où ça vient. Ils n'en ont pas beaucoup parlé dans les journaux, pour ne pas créer de panique. Cela a commencé il y a un mois.

– Nous étions déjà en mer, fit Nick comme pour lui-même.

– C'est pour ça que tu n'as rien entendu, peut-être.

– Sans doute. De quel genre de maladie s'agit-il ?

Les yeux de Chiara s'embuèrent. Quel âge pouvait-elle bien avoir ? se demanda alors Nick. Quand elle ne parlait pas, il lui aurait donné quatorze ou quinze ans ; la fraicheur dans sa voix, en revanche, la rajeunissait.

– C'est une maladie qui rend les gens fous, finit-elle par dire. Et qui les tue, ensuite.

– Fous ?

– Oui. *Pazzi* ! Les gens se mettent à s'agiter, à gesticuler, comme s'il y avait le diable en eux. Ils bavent, ils crachent...

– Ils sont agressifs ?

– Souvent, oui. Et après, ils meurent. Comme si la vie, tout à coup, les abandonnait.

– Tu as déjà vu ça ?

– Oui. Ici.

– Sur l'ile ?

– Oui. Le jour où tout a basculé. Il y avait peut-être une dizaine de personnes touchées. Cela a suffi pour créer la panique.

L'ile était une destination internationale, réfléchit Nick. Le lieu idéal pour qu'une épidémie se répande, et que chacun revienne dans son pays avec un virus dans ses bagages.

– Il y a quelque chose que je ne comprends toujours pas, Chiara. Vous dites que les enfants présentent un danger pour les adultes...

– Oui. Les enfants sont touchés, expliqua Nunzio. Mais ils ne sont pas concernés. En gros, on porte la maladie, sans la subir. On la transmet. On peut avoir de la fièvre quelques jours. Rien de méchant, et parfois, il n'y a rien du tout. Et puis, après, il y a le Signe.

– Quel « signe » ?

– Une marque bleue, tout autour du cou. Comme ça.

Il ouvrit sa chemise, et Nick put observer un cercle violacé qui naissait à mi-distance de la base du cou et de la pointe de l'épaule, et descendait sous le larynx. Cette même marque qu'ils portaient, lui et son frère.

– Je ne l'avais pas remarquée quand je t'ai vu, tout à l'heure. Ah, mais c'est vrai : tu portais un foulard.

– Je ne savais pas qui vous étiez vraiment, quand on vous a vus débarquer. Vous auriez pu être des adultes. J'ai bien vu que tu as aussi la marque.

Nick, mécaniquement, porta les mains à sa chemise, comme s'il pouvait en resserrer les pans.

– Pas la peine d'avoir peur, *Nick*. Tu es comme nous. Tu es porteur du mal. Et ton frère aussi, j'en suis certain. Est-ce que tu comprends un peu mieux, maintenant ?

– Est-ce que je comprends quoi ?

– Enfin ! Tu crois toujours que tes parents t'ont jeté du bateau pour *vous* protéger ? Vraiment ?

– Je ne te permets pas de...

– Vois la vérité en face, l'Anglais ! Ils se sont débarrassés de vous, parce que vous portiez la maladie ! Ils ne cherchaient qu'à se protéger eux-mêmes... Oui, *Nick* : tes parents vous ont abandonnés parce que vous leur faisiez peur.

Il ravala sa salive avant d'ajouter :

– Parce que vous pouviez *les tuer*.

VI

Soldats de plomb

Nick, ce matin-là, fut tiré de son sommeil par une cohorte de bruits confus, auxquels son inconscient encore embrumé donna mille figures tandis que ses paupières tardaient à s'ouvrir. On criait, dehors ; ce n'étaient pas des cris d'effroi, plutôt la manifestation d'efforts, enthousiastes et joyeux. Nick se redressa pour constater que Roger s'approchait du balcon. Il s'entoura d'un drap, bondit sur ses pieds et alla rejoindre son frère.

– Roger ? Que se passe-t-il ?

– Je ne sais pas. Ça m'a réveillé comme toi.

– Nunzio ?

– Cela me semble évident.

Nick plaça ses mains en visière et scruta l'horizon. Il aperçut un petit mouvement de foule au niveau de l'une des grand-places du parc. Mais il était impossible d'en voir plus à cette distance. Comme s'il lisait dans les pensées de son grand frère, Roger dit :

– Que t'a dit Nunzio, hier, après mon départ ?

Nick aspira une énorme bouffée d'air.

– En quelques mots ? Il semble que pendant que nous naviguions bien tranquillement, une pandémie s'est abattue sur l'Europe.

– Une… pandémie ?

– Oui. Je n'en sais pas plus. Une maladie qui semble créer des désordres neurologiques. Les victimes se mettent à avoir un comportement agressif, désordonné, et finissent par mourir. Cela expliquerait la situation de l'ile : les visiteurs ont dû avoir peur de rester coincés ici avec des contaminés. Ils sont partis en masse.

Roger, les muscles du visage inertes, chassa une mèche de cheveux qu'une légère brise avait amené devant ses yeux. Il posa la main près de son cou, là où se trouvait la marque mystérieuse.

– C'est ça, n'est-ce pas ? Cette rougeur ?

Nick acquiesça.

– Je suis donc... porteur. Mais pas mort. Et toi non plus.

– Non, les plus jeunes ne semblent pas atteints. Ils transmettent la maladie sans en être victime.

– Ah. Je vois.

Il eut un rire bref, un peu forcé, avant d'ajouter :

– Je crois que je devine la suite, grand frère.

– La suite ?

– Oui. Vous avez parlé de nous. De la décision de notre cher père. Et je parierais que vous n'êtes pas parvenus à la même conclusion.

Nick ricana nerveusement.

– Eh bien... oui, tu es décidément étonnant, Roger. C'est exactement ce qui s'est passé. Et toi, qu'en penses-tu ?

– Oh ! Que veux-tu que j'en pense ? Notre père doit s'être persuadé d'avoir agi dans notre intérêt.

– Alors que ?

– Alors qu'il agit toujours dans le sien.

– Tu exagères, tout de même. Nous n'avons jamais manqué de rien, grâce à lui.

– Nick, excuse-moi, mais le luxe dans lequel nous avons grandi ne dit pas grand-chose des sentiments de père. J'ai toujours eu l'impression que l'on faisait partie de son « plan ». Avoir deux grands garçons comme nous, dont il peut être fier, qu'il peut montrer au reste du monde, c'était un passage obligé. Comme avoir une belle voiture. Tu as déjà eu l'impression que l'on était autre chose, pour lui, que des... accessoires ? Tu l'as déjà vu éprouver autre chose que de la fichue *fierté* ? Comme de la tendresse, de la peine, ou de l'affection en général ?

Nick soupira.

– Franchement, tu es dur.

En face, Roger se radoucit.

– Peut-être que je suis trop dur, oui. Je sais que lui et toi, vous avez des liens que je n'ai pas. Vous faites des choses ensemble.

– Tu pourrais les faire avec nous.

– Et si je n'en avais rien à faire du golf ou de la chasse, Nick ? Il faudrait vraiment que je m'inflige ça pour que mon père témoigne un peu d'intérêt pour ce que je suis ? Bon sang, on est supposés être une famille, pas un... un club !

– Roger, écoute...

Roger leva les bras devant lui.

– Nous en reparlerons. Ou pas : ça ne sert peut-être à rien. Allons voir ce qui se trame là-bas, ce sera plus intéressant.

Ils sortirent de l'hôtel et avancèrent – lentement – jusqu'à la place, traversant des artères vides, se fiant aux cris de plus en plus distincts. Ça et là, sur le parvis où ils accédèrent, quelques éléments de décor – étals de marchands, bottes de foin – avaient été disposés pour donner l'illusion d'un authentique marché médiéval.

Au milieu de la place, les enfants s'activaient joyeusement, sans que Nick pût dans l'immédiat comprendre à quoi. Et puis, tout à coup, le sens de cette agitation lui apparut et un sentiment désagréable l'envahit, entre surprise, fascination et horreur. Chaque enfant tenait en main un objet qui pouvait servir d'arme. Des bâtons, mais aussi quantité d'armes médiévales arrachées aux décors : épées, lances, masses... Ainsi, Nick et Roger assistaient à une sorte d'entrainement militaire. L'ensemble était maladroit, et les petits soldats ne semblaient pas tous prendre la chose très au sérieux. Cette version enfantine d'une passe d'armes dérangea profondément Nick. Il frémit même en voyant une fillette aux cheveux de feu manquer de s'ouvrir le crâne en faisant des passes avec un *Morgenstern* – une boule de fer hérissée de piquants plantée à l'extrémité d'un manche. Cela n'en était qu'une version factice – elle aurait pesé bien trop lourd dans le cas contraire – toutefois même en l'état, l'arme demeurait dangereuse.

Nick eut envie, un instant, de sauter sur la charrette pour secouer Nunzio, le gifler comme un aîné s'imagine devoir le faire. Il se retint, laissant son agacement se propager comme une bouffée de soufre jusqu'à l'intéressé qui, remarquant leur présence, adressa aux deux frères un regard de petit garçon arrogant et un peu perdu. Il rangea son arme dans sa ceinture et hurla à la foule des enfants de s'arrêter – ce qu'ils firent, comme une classe dissipée qui revient peu à peu au silence plutôt que comme un régiment aux ordres.

Nunzio se tourna vers Nick et Roger et les harangua :

– Eh bien ? Déjà debout ? Ça ne fait pas trop tôt pour vous, mes mignons ?

Il ricana de sa propre moquerie. Désarçonné par l'absence totale de réaction, en face, il opta pour un ton plus dur :

– Pendant que vous vous reposez, certains se préparent, ici !

– Se préparent à quoi, au juste ? demanda Nick.

– À quoi ? Il me demande à quoi ! Tu es formidable, Nick Bowles. Nous avons déjà eu cette discussion.

Nick hocha la tête, puis reprit :

– Si tu veux nous parler, descends.

La nuque de Nunzio se raidit brutalement, et sa bouche se tordit en une expression incertaine – un peu d'humiliation qui se camouflait en morgue.

– C'est moi qui donne les ordres, ici. Tu n'as pas encore compris ?

Nick fourra les mains dans ses poches, et balaya du bout du pied quelques grains de sable qui s'étaient déposés sur les pavés devant lui.

– Je n'ai jamais dit que je comptais y obéir.

Nunzio fut tenté de brandir son arme ; mais il savait que Nick resterait impassible sous la menace. Un bras de fer silencieux se joua entre eux, et Nunzio finit par déclarer :

– Montez avec moi, plutôt.

Il était, cette fois, difficile – et peut-être même peu judicieux – de l'aiguillonner davantage. Nick acquiesça, et suivi de Roger, ils montèrent par l'arrière de la charrette et vinrent rejoindre Nunzio. Celui-ci claqua des mains et cria aux enfants de continuer leurs exercices.

– Bien, commença Nick. Explique-toi, maintenant. Qu'est-ce que tu crois faire, au juste ? Entrainer des soldats ?

– *Sì !* Des soldats.

– Et dans quel but ?

Nunzio leva les bras au ciel. Aussitôt, tous ses petits guerriers l'imitèrent, pensant qu'il s'agissait d'un ordre. Nunzio, embarrassé, leur cria quelques instructions et ils se remirent à frétiller sur place.

La confusion avait beaucoup amusé Nick et Roger, qui n'osaient se regarder de peur d'exploser de rire. Nunzio, pour son propre bien, fit comme s'il n'avait rien remarqué et reprit :

– Un jour, ils vont venir. Ils vont venir ici, avec des bateaux, des armes, et ils nous feront exactement ce qu'ils vous ont fait à vous, ce qu'ils ont fait aux autres. Ils vont nous prendre, nous mettre à l'eau. Ou nous tuer sur place.

– Pourquoi feraient-ils une chose pareille ?

– Parce que maintenant, nous sommes porteurs du mal. Et je sais qu'ils ne nous laisseront pas tranquilles. Ils voudront reprendre ce qu'ils nous ont abandonné.

Roger, qui ne s'était pas encore exprimé, l'interrompit :

– Nunzio, quelle expérience de l'armée as-tu ?

L'Italien allait ouvrir la bouche : Roger lui cloua le bec.

– Inutile de répondre, je sais. Aucune. Tu as peut-être vu des défilés ? C'est ce que tu essaies de reproduire, là, avec tes petits soldats ? Comme c'est touchant ! Vois les choses en face : tu ne sais rien à rien. Tu t'y prends mal, et tu n'obtiendras rien d'eux de cette manière. Regarde ! Quel âge ont-ils ? Tu le sais, au moins ? Et qu'est-ce que tu leur as dit ?

Nunzio demeura silencieux, et Roger reprit, en le fixant cette fois dans le blanc des yeux :

– Tu as quand même raison sur un point : les adultes vont revenir. Je ne sais pas quand. Néanmoins ça arrivera. C'est évident. Et je ne suis pas aussi optimiste que Nick à leur propos.

Nick explosa :

– Bon sang... Que voulez-vous qu'il se passe ? Si des secours arrivent, nous serons sauvés, point final. Et la vie reprendra.

– La vie, hein ? fit Nunzio. La mienne... ou la tienne ?

Nick ne répondit rien, et Roger investit ce silence :

– Écoute, Nunzio... Nous sommes partis sur de mauvaises bases, mais je pense qu'il y a moyen de travailler en bonne intelligence.

De toute évidence, le jeune Italien n'avait pas compris l'expression, et Roger reformula :

– De travailler *ensemble*. Sans se gêner. Et j'ai des suggestions pour toi. Tu en dis quoi ?

Roger tendit la main à Nunzio qui, d'abord hésitant, finit par la serrer.

– Pourquoi je te ferais confiance, l'Anglais ? demanda Nunzio après l'avoir retirée.

– Pardi ! Parce que tu as très bien compris que j'étais un petit malin. Et tu n'as pas l'air bête non plus, Nunzio. Ne t'inquiète pas, il n'y aura pas de coup fourré. J'ai juste pensé à des choses auxquelles, toi, tu n'as pas songé.

– Roger, intervint Nick, explique-moi un peu…

– Ne t'inquiète pas, je sais ce que je dis. Et ce que je fais.

– Je commence à me le demander.

– Nunzio, tu devrais siffler la récréation. Ton défilé de carnaval ne sert à rien.

Le jeune garçon hésita, puis se tournant vers la masse des enfants, cria :

– *Basta* ! Quartier libre !

Aussitôt, les petits soldats s'égayèrent en laissant sur place leurs armes de fortune, et se ruèrent vers les attractions. Des cris de joie fusèrent de toute part.

Roger se tourna vers Nunzio.

– Bien. On peut descendre de cette charrette, maintenant ? J'ai des questions à te poser.

– *Sì. Andiamo.*

Ils s'exécutèrent.

Nick, circonspect, laissa Roger reprendre l'initiative du dialogue.

– Bon. Comme je te l'ai dit, ça ne mène à rien, ton « entraînement ». Tu n'y connais rien.

– Oh, d'accord. Et toi, tu y connais quelque chose ? répliqua Nunzio, piqué dans son orgueil.

Roger s'étira.

– Oh, tu sais… La culture militaire, c'est difficile d'y échapper quand on est un garçon anglais de bonne famille. Je ne suis pas un spécialiste, évidemment. J'en sais en tous les cas plus que toi.

Nick n'y tint plus. Le discours de son petit frère sonnait comme un délire à ses oreilles, et jugeant qu'il n'arriverait pas à y mettre fin par la parole, opta pour une sortie plus spectaculaire :

– Ça suffit, je n'en peux plus d'entendre des imbécilités pareilles. Discutez de ce que vous voulez, je vais prendre l'air.

Roger, tu sais où me trouver. Et si j'étais toi, j'irais piquer une tête dans l'eau froide pour me remettre les idées en place.

– Je suis convalescent, aie pitié de ma santé !

Nick cria une insulte peu digne d'un garçon bien élevé puis tourna les talons et se lança dans une errance sans but, ruminant jusqu'à l'écœurement le dialogue qui venait d'avoir lieu. Il espérait que son petit coup d'éclat aurait remis les idées de son frère en place, mais songea bientôt qu'il n'avait peut-être pas été très stratégique de s'en aller avant d'entendre ce que Roger manigançait. Désormais, il était trop tard, et il pressa le pas comme pour fuir ses propres questions.

Le soleil lui cuisait la nuque, les allées du parc ne lui procurant que peu d'ombre. Ça et là, il croisait des enfants surexcités qui le saluaient d'un « ciao » ou plus rarement, d'un « hello », avant de l'oublier totalement et reprendre le cours de leurs jeux.

Il s'éloigna en direction de l'arrière du parc, par là-même où il était entré avec Roger. Ce ne fut qu'au bout de plusieurs minutes qu'il réalisa que quelqu'un le suivait. Craignant une manœuvre de Nunzio, il se retourna, les poings serrés. Il fit alors face à Chiara, qui recula d'un pas en voyant le jeune homme prêt à en découdre.

– Excuse-moi, fit Nick en se détendant un peu. Je ne t'avais pas entendue arriver. Mmm... Chiara, c'est bien ça ?

– C'est bien ça. Tu avais l'air d'être très concentré. Tu allais où, comme ça ?

– Je voulais retourner à la plage. Celle qui se trouve à l'arrière de l'ile. On est arrivés par là.

– Je vois. Je peux t'accompagner ?

La demande étonna Nick, mais il ne trouva aucune excuse pour s'y soustraire.

– Bien sûr.

Ils cheminèrent ensemble, un peu gênés. Puis, Chiara prit la parole :

– Pourquoi as-tu envie de partir ?

La question parut amuser Nick, qui se racla la gorge avant de répondre :

– J'ai envie de rentrer chez moi, bien sûr. Pas toi ?

– Nick Bowles, tu as l'air de penser que tout le monde est content d'être chez soi. Seulement, tout le monde n'est pas comme toi et ton frère.

Ils étaient revenus là où Declan et Sheila les avait accueillis. Chiara jeta un coup d'œil vers l'un des baraquements.

– Il y a une commande pour ouvrir la grille. Reste-là.

Elle disparut à l'intérieur d'un bungalow, et en ressortit une minute plus tard. Déjà, les grilles pivotaient sur leurs gonds dans un grincement désagréable.

– Voilà, la plage t'attend.

– Après toi.

Ils franchirent l'enceinte et firent à pied le chemin que Nick et Roger avaient dû accomplir en voiture à leur arrivée. Finalement, la plage les accueillit dans toute sa candeur, inchangée, impartiale.

– Je préfère la vue de ce côté, commença Nick.

– Pourquoi ?

– Je n'aime pas le côté toc du parc.

– « Toc » ? Je ne connais pas le mot.

– Ah ! Eh bien... artificiel, faux, tu comprends ?

– Oui, je vois ce que tu veux dire. Mais pour moi, ce parc, c'est le luxe. Un conte de fées.

Nick s'assit sur le sable, les genoux ramenés contre sa poitrine. Chiara hésita, puis prit place à un mètre de lui.

– Dis-moi, Chiara... Toi et Nunzio, vous parlez très bien anglais, pour votre âge. Surtout si...

– Si quoi ?

– Bah, vous n'avez pas l'air de l'avoir appris à l'école. Je n'ai pas l'impression que vous y êtes allés beaucoup, pas vrai ?

Elle partit d'un rire espiègle.

– Ah, ah, non, c'est vrai. Ça te choque ?

– Pourquoi ça me choquerait ?

– Toi, tu as l'air d'être bien élevé comme tout. En tous cas Nunzio et moi, on gagne notre vie avec les touristes. Beaucoup de Français… d'Anglais comme toi et ton frère. On a une bonne oreille. On fait ça depuis qu'on a huit ou neuf ans. Alors maintenant, oui, on se débrouille.

Nick eut une moue admirative.

– Je vois. Impressionnant. Je serais incapable d'en faire autant. Et les autres enfants ?

– Ils font la même chose. Comme nous, avant, quand on travaillait pour des « grands », plus expérimentés. C'est pour ça qu'ils sont aussi débrouillards.

Nick observa les vagues discrètes rider la surface de l'eau en clignant des yeux.

– Ce fichu soleil… Il rend fou.

– J'ai grandi avec. Je ne me rends pas compte.

– Bien sûr…

Nick se saisit d'une poignée de sable, et la jeta devant lui.

– Tu connaissais donc bien Nunzio avant tout ça ?

– Oui. On se partageait les touristes. Il avait son territoire, et moi le mien.

– Je vois. Tu as des frères et sœurs ?

– *Sì*. Trois frères. Deux petites sœurs. Pas évident de nourrir tout ce monde.

– J'imagine, fit poliment Nick, pour qui ces problèmes relevaient davantage de ses lectures de Dickens que de son expérience du monde réel.

Il porta la main à sa marque, près du cou, et passa la minute suivante à réfléchir, le menton posé sur ses poings.

– Tu sais, Chiara, finit-il par dire... Un jour ou l'autre, quoi qu'il arrive, on ne pourra pas rester ici. Que se passera-t-il quand les stocks de nourriture auront fondu ? Que l'électricité sera coupée ? Tout cela finira bien par arriver.

– Je sais bien tout ça, rétorqua-t-elle. Moi, je crois qu'on y arrivera. Regarde ! On peut pêcher, si on veut.

– Pêcher... Il faudrait un bateau, pour ça. Et si bateau il y avait, je préfèrerais l'utiliser à autre chose. Et même... l'eau ? Tu as pensé à l'eau ? L'eau potable, je veux dire ?

Chiara haussa les épaules.

– Pour l'instant, la question ne se pose pas.

– Un jour, elle se posera. Il faut que tu y penses, Chiara. Nunzio est fou.

Elle pointa un doigt vers la poitrine de Nick.

– Tu le trouves fou parce que tu n'aurais pas réagi comme lui. Tu sais, il s'est bien occupé de tous les autres enfants. Il a rassuré les plus petits, il a organisé leur quotidien ici. Ce n'est pas un méchant garçon.

– Sans doute. Mais il est armé. Je n'ai pas confiance.

Chiara montra le couteau de cuisine passé dans sa ceinture.

– Moi aussi, je suis armée.

Nick frappa sur ses cuisses et se releva.

– Et on se demande bien pourquoi ! Personne ne vous menace, pour le moment.

– On pensait que toi et ton frère, vous pouviez nous menacer.

– Ce n'est pas notre intention. On veut juste rentrer chez nous. Enfin, moi, en tous les cas. Cette andouille de Roger... je n'en sais rien, maintenant.

Chiara observa la position du soleil dans le ciel.

– Il est déjà tard, je vais te laisser.

Elle se leva à son tour et s'éloigna. Alors qu'elle avait fait quelques mètres, Nick la héla :

– Chiara !

– Oui ?

– Cette conversation... c'était pour m'espionner, n'est-ce pas ?

Elle le regarda fixement, puis lui fit un clin d'œil :

– Bien sûr, Nick Bowles.

VII

Dragon rouge, dragon blanc

– Roger ?

Nick, enveloppé dans un drap de lit, ressemblait à une statue antique d'éphèbe en toge. Devant lui, son frère, la main sur la poignée de la porte, avait suspendu son geste.

– Hello, *old chap*, fit Roger d'un ton penaud.

Il marqua un silence et reprit :

– Je ne voulais pas te réveiller, désolé.

– Cela fait deux jours que tu ne veux pas me réveiller, Roger. Et je dirais même : que tu ne veux pas me parler. Je t'ai à peine vu avant-hier. Et encore moins hier.

Roger, malgré tout son aplomb, n'avait pas prévu d'avoir cette conversation. Il croisa les bras, avec un air d'écolier pris en faute, et déclara :

– D'accord. Vas-y.

– Vas-y ?

– Oui, dis-moi ce que tu as à me dire. Passe-moi un savon. En l'absence de père, tu es l'autorité virile ici.

Nick esquissa un mouvement des bras, son drap glissa, et il dut choisir de le retenir.

– Je n'ai pas envie de te passer un savon. Mais, j'aimerais bien savoir à quoi tu occupes ton temps.

– L'ile est grande, le parc aussi. Il y a de quoi faire.

– Quand on a huit ans et demi, sans doute. Qu'est-ce que tu fabriques avec Nunzio ?

– C'est un garçon intéressant. Plus fin que je ne le croyais. Au moins, lui, il n'a pas l'esprit encombré de choses inutiles. Il ne doit même pas savoir ce qu'est un cosinus, mais il peut faire à manger.

– Les cosinus nous seront plus utiles qu'une recette de sauce tomate, pour regagner la côte.

Roger sourit.

– La côte. Tu ne penses donc vraiment qu'à ça.

– Et toi, Roger, à quoi penses-tu, au juste ? Tu cherches quelque chose, je le sais, je te connais.

Roger eut l'air embarrassé.

– Oui, c'est vrai.

– Et tu ne vas pas me dire quoi ?

Roger secoua la tête.

– Non. Tu n'aimerais pas.

– Roger...

Le jeune garçon leva les bras au ciel.

– Ah, Nick, Nick ! Je cherche le contre-pouvoir. Voilà, tu es content ?

– Le quoi ?

– Nick, écoute... Je sais que tu t'inquiètes pour ton cher petit frère, alors crois-moi, tout va bien. Maintenant, si tu n'y vois pas d'inconvénient, je vais ouvrir cette porte et aller faire un tour. Je... je ne sais même pas si tu te rends compte.

– Si je me rends compte de quoi ?

– Tu me reproches mon comportement, mais est-ce que tu réalises que c'est toi qui refuses de prendre tes repas avec tout le monde ? Moi, je déjeune et je dine avec les autres. Toi, tu es dans ton coin. Tu ne te mêles à aucune activité...

La remarque désarçonna quelque peu Nick ; à aucun moment encore, il n'avait eu l'impression que c'était *son* attitude qui posait problème. L'idée même lui semblait impossible. Il décida donc d'aborder un autre sujet.

– Nunzio semble avoir arrêté ses parades militaires ? Tu y es pour quelque chose, non ?

Roger baissa les yeux.

– Je lui ai expliqué que ce n'était pas la meilleure stratégie. Il y a de meilleurs moyens d'exploiter les aptitudes de chacun.

– Oh, vraiment ? Les aptitudes ?

– Les aptitudes, oui. Bon, je dois y aller...

– Roger, attends...

Mais Nick ne sut retenir son frère, qui quitta l'appartement en claquant la porte. La couverture de Nick tomba à ses pieds, et il la ramassa en grognant.

Après une douche rapide, il s'habilla avec un pantalon de lin volé à l'un des mannequins qui décoraient le parc, et une chemise blanche trouvée dans la blanchisserie de l'hôtel. Puis, il s'installa devant le secrétaire étriqué de la suite, et tira du tiroir le bloc de papier à entête et le crayon qu'il y avait rangés. Il relut en vitesse ses notes de la veille, celles qui marquaient les débuts de ce journal de bord, routine d'écriture à laquelle il lui semblait nécessaire de se soumettre.

... J'ai désormais essayé tous les téléphones de l'île, aucun ne fonctionne. La ligne est coupée, mais à quel niveau ? Il doit se trouver, quelque part, un central. Même si je découvrais où il se cache, je n'y comprendrais pas grand-chose. Il faut absolument que je trouve un moyen de communiquer avec l'extérieur, en espérant que cet extérieur existe toujours.

Je n'ai pas croisé grand-monde aujourd'hui. Le parc était destiné à accueillir des milliers de visiteurs : pas surprenant qu'une vingtaine de personnes ne se marchent pas sur les pieds. En journée, quand les manèges fonctionnent, l'atmosphère reste agréable ; il y a de la musique diffusée dans les haut-parleurs (je ne sais pas d'où elle vient), et sous ce soleil, les couleurs des bâtiments, des banderoles, de toutes les décorations, sont assez jolies. C'est la nuit que tout devient sinistre. Un vrai parc d'attractions, le soir, garde son aspect festif, et gagne en mystère.

Là, il ressemble simplement à un cauchemar éveillé. J'ai l'impression que les manèges m'observent, c'est très désagréable.

Roger a quelque chose en tête. Je ne sais pas ce qu'il manigance, et j'ai du mal à croire qu'il trouve Nunzio à ce point digne d'intérêt.

Demain, il faut absolument que je continue à chercher un moyen de communiquer avec la côte.

Nick posa son crayon, qui commençait à être émoussé, et tapota la table avec son index. Puis, il fourra le tout dans une poche, et sortit de la suite pour gagner la terrasse du toit de l'hôtel. Là, il chercha la terre ferme, et plissa les yeux à l'affut d'un signe. Un rien aurait suffi à son bonheur, lui aurait rendu espoir : un panache de fumée, un bateau de pêche perdu dans l'écume... Mais non ; l'horizon restait une carte postale sans vie malgré l'eau trop bleue et la lumière presque irréelle. Nick redescendit jusqu'aux cuisines.

C'était là l'un des instants grisants de ses journées. La satisfaction de passer de l'autre côté du décor. En d'autres temps, il serait resté dans la grande salle réfectoire, à attendre qu'on vienne prendre sa commande. De là, le serveur ou la serveuse serait reparti dans cet ailleurs presque magique : les cuisines. Nick avait beau savoir que ces lieux étaient habités par d'autres humains, aussi réels que lui, il n'avait jamais cessé de fantasmer un fonctionnement autrement plus... merveilleux. Le serveur y devenait une sorte de prêtre antique, allant supplier une force invisible de faire jaillir, ex nihilo, des assiettes de bacon, d'œufs brouillés et de boudin blanc. Ces placards remplis à craquer de boites de conserve aux étiquettes exotiques, cette immense pièce réfrigérée, ces pyramides de condiments, ces couteaux et casseroles ornant les murs comme les pièces maitresses d'une salle d'armes : Nick en était le nouveau maitre, empli du sentiment curieux qu'en faisant lui-même griller une tomate, il rejoignait un minuscule cercle d'initiés.

Ce matin-là, il papillonna entre les étagères en oubliant pour quelques minutes sa situation, ivre de n'avoir de comptes à rendre à personne.

Une fois revenu en salle, à déguster ce qu'il avait lui-même préparé, ce sentiment de puissance se dissipa alors que son estomac se remplissait.

Il s'essuya le coin de la bouche, retourna dans les cuisines et lava soigneusement assiettes et couverts.

À ce moment, un bruit étouffé – mais qui avait dû être fracassant depuis l'extérieur de l'hôtel – parvint aux oreilles de Nick Bowles. Un coup de feu ? Ce ne pouvait être que Nunzio et son pistolet. Nick s'élança hors de la cuisine, de l'hôtel, et se mit à courir dans les allées désertes, où quelques manèges tournaient. Il avisa Nunzio, qui était accroupi devant deux fillettes et un garçonnet et agitait les bras dans une explication inaudible.

– Nunzio ! le héla Nick.

– Nick Bowles ! *Buongiorno*. Que me vaut l'honneur ? Tu viens voir le petit peuple ?

– Ce bruit… C'était quoi ? C'est toi, n'est-ce pas ?

Le regard de Nick glissa vers le pistolet, toujours serré dans la ceinture de Nunzio. Ce dernier secoua la tête.

– Non, je n'ai rien à voir avec ça.

– C'était un coup de feu.

– Je ne sais pas.

– Je sais reconnaitre un coup de feu. Montre-moi ton arme.

Nunzio se releva d'un bond, les lèvres coincées dans une moue indécise. Les enfants se reculèrent d'instinct, la tête rentrée dans les épaules.

– Tu veux voir mon arme ? Tu veux vraiment la voir ?

Nunzio dégaina et bras tendu, vint braquer le canon à quelques centimètres du visage de Nick. Celui-ci s'astreignit à ne pas bouger un cil, et à la menace de l'arme, tâcha d'opposer celle – soudain bien dérisoire – de sa carrure. Le petit garçon, tout près, étouffa un sanglot. Nick, alors, vint serrer le canon dans sa main. Les doigts de Nunzio se mirent à trembler sur la détente, et une goutte de sueur perla à son front. Dissimulant sa peur comme il pouvait, Nick dit alors :

– Le canon est froid. En effet.

Il desserra son étreinte et fit un pas en arrière. Nunzio ne bougeait plus, pétrifié dans sa posture. Finalement, son bras regagna le long de son corps, et l'arme, son ceinturon.

– *Va bene, va bene*, fit-il. *Era solo un gioco*.

Nick observa la scène avec indécision. Son seul tort avait été de ne pas croire Nunzio sur parole.

– Bon, n'en parlons plus, déclara-t-il.

Nunzio, toujours un genou à terre, s'adressa à lui sans le regarder :

– Oui, bien sûr. C'est à toi de décider de quoi on parle, pas vrai ?

Nick ne sut quoi répondre et s'éloigna. Il ne tarda pas à voir son frère s'approcher, les mains dans les poches et l'air satisfait.

– Tu fais une drôle de tête, mon cher frère.

– Ce bruit, qu'est-ce que c'était ? C'était toi ?

– Qui sait !

– Roger, je... je n'ai pas envie de jouer aux devinettes.

– Nick, écoute-moi : profite un peu ! Pour une fois que l'on peut faire ce que l'on veut. Au moins un moment. Tu auras tout le temps de redevenir barbant après. Et puis... je pense juste que tu devrais nous rejoindre pour le prochain repas. Plutôt que de rester dans ton coin tout seul. Les plus petits sont sympathiques, ils mettent de l'ambiance. Et Nunzio, Chiara, enfin tous ceux qui sont plus proches de nous en âge… ce sont des gens bien.

– Oui, Chiara est très agréable, commenta Nick. N'empêche, je n'en reviens pas. Je ne te voyais pas comme ça.

– Comme quoi ?

– Aussi… sociable.

– Je le suis avec les gens qui le méritent. Ça exclut la plupart des boulets qu'on est amené à fréquenter.

– Tu exagères.

– Sûrement. Bon, on se retrouve pour le déjeuner, alors ?

Nick soupira.

– Oui, si tu y tiens.

Nick s'éloigna, et tâcha de se convaincre qu'il avait confondu le bruit d'une attraction avec celui d'une arme. L'attitude de Roger était certes suspecte, mais pas plus que d'ordinaire, au fond. Il relégua cette énigme dans un coin de sa tête et se remit en quête d'un moyen de communication. Bientôt, alors qu'il errait au hasard, il entendit des petits pas derrière lui. Il se retourna pour constater qu'il s'agissait de Declan et Sheila.

– Bonjour vous deux !

– Bonjour Nick, firent-ils en chœur.

– Je peux faire quelque chose pour vous ?

Ils prirent des têtes de comploteurs, et à voix basse, la petite Sheila commença :

– Oui. Tu te rappelles, pour les dragons ?

La question laissa Nick fort songeur. Il creusa dans sa mémoire, et ne put en extirper que le très vague souvenir d'une conversation déjà ancienne.

Declan embraya :

– On aimerait bien les voir bouger. Ils sont dans le château. Nunzio avait promis de le faire, mais il n'y est pas arrivé. On s'est dit que toi, tu pouvais peut-être.

– Eh bien… J'ai des choses à faire, mais…

Nick songea tout à coup qu'il ne lui en coûterait pas grand-chose de faire plaisir aux deux petits Irlandais.

– Bon, après tout, pourquoi pas. Vous me montrez ?

Le regard des enfants s'éclaira, et ils attrapèrent chacun une main de Nick pour le tirer en direction du centre du parc.

Depuis leur arrivée, Nick n'avait pas eu la curiosité d'explorer le fameux château, pourtant monumental, qui dominait les lieux depuis une butte artificielle. Une fois dans le hall, il put constater qu'une partie des éclairages électriques fonctionnaient toujours. La voûte, fort haute, était ornée d'un immense chandelier.

À une dizaine de mètres de l'entrée, une fosse circulaire avait été aménagée. Autour d'elle, une barrière rudimentaire – un cordage tiré à travers des plots métalliques – faisait office de garde-fou. Declan et Sheila s'en approchèrent en piaillant et tendirent un doigt vers le fond de la fosse.

– Les dragons sont là ! déclarèrent-ils fièrement.

Nick s'approcha, se pencha, et distingua en effet deux imposantes masses, l'une rouge, l'autre blanche, à demi englouties par l'obscurité. Une veilleuse installée dans un renfoncement permettait de discerner la surface des écailles, la grande ligne des ailes, guère plus. Nick se tourna vers Declan et Sheila et déclara :

– Je vois, ils n'ont pas l'air très vifs. Ok, il y a un local technique quelque part ?

– Oui, viens avec nous, tu vas voir.

Ils entrainèrent Nick vers une porte soigneusement dissimulée par une décoration en papier mâché, et se retrouvèrent entourés de pupitres, manettes, cadrans, la plupart sans étiquette. Nick, d'un air gêné, se frotta l'arrière du crâne.

– Bon, j'imagine qu'il faut tirer ce levier. Sinon, il ne serait pas planté au beau milieu.

Le mécanisme en question, bien visible, ressemblait à celui utilisé dans les aiguillages de chemins de fer. Nick frotta ses mains et s'en approcha. À gauche comme à droite, il se heurtait à une forte résistance.

Il s'agenouilla, et observa la rainure dans laquelle jouait le manche. Avec précaution, il y glissa la main, lutta quelques instants, et extirpa de la fente deux petites clés maintenues par un anneau.

– Voilà ce qui bloquait, annonça-t-il. Cela avait dû tomber de la poche du machiniste.

Il tira de bon cœur le levier qui, cette fois, ne se fit pas prier. Alors, la lumière revint dans la pièce, et des vrombissements retentirent de toute part.

Declan et Sheila ne cachaient plus leur liesse.

– Génial, Nick ! Ça marche !

Bientôt, un bruit étrange résonna derrière la porte, fusion d'un grincement mécanique et d'un cri d'animal. Declan et Sheila se ruèrent à l'extérieur de la salle de contrôle, et constatèrent que les deux dragons mécaniques étaient sortis de leur tanière grâce à de puissants vérins. Leurs ailes se déployaient doucement, tandis que leur cou, mince et long, se dressait vers la voûte et que leurs dents claquaient dans le vide. Les deux petits Irlandais n'en pouvaient plus de joie.

Et puis, les dragons se mirent à cracher une épaisse fumée colorée. Pourtant, Nick sut assez vite que quelque chose clochait : la fumée s'échappait de façon trop dense, et fut bientôt en passe d'envahir tout le hall. Nick retourna dans la salle de contrôle et manipula quelques boutons un peu au hasard. Au bout d'un moment, la fumée perdit en densité, comme espéré. Rassuré, il continua à observer les commandes, et en particulier un commutateur assez proéminant qui indiquait : « *fumo all'aperto* ». Il en prit note mentalement : si le bouton était en si bonne place, il devait avoir de l'importance. Il était temps de rejoindre les enfants.

– C'est tellement bien ! Merci encore Nick ! s'exclamèrent les petits Irlandais.

Sheila regarda Nick avec des yeux ronds.

– Nick ? Tu manges avec nous, ce midi ?

– Décidément… Bon, ça marche, je vous rejoindrai.

Les enfants applaudirent, ce qui arracha un sourire attendri à Nick. Il s'éloigna en pensant : *« voilà donc à quoi ressemble un enfant normal »*, à la recherche d'un accès aux étages. Celui-ci finit par lui apparaitre au bout d'un couloir. La porte, verrouillée, portait un écriteau bilingue assez austère : *amministrazione / administration*. Nick essaya l'une des clés trouvées dans la salle des machines, et la porte s'ouvrit. Derrière l'attendait un escalier tout à fait banal, qui ne faisait pas l'effort de paraitre médiéval.

Le premier palier consistait en un étage de bureaux sans magie aucune, avec des portes dont la seule fantaisie était de porter des écussons en cuivre, gravés au nom du service concerné. Les mains dans les poches, Nick débuta son exploration. Toutes les pièces dans lesquelles il pénétrait donnaient l'impression d'avoir été abandonnées à la hâte. Il monta d'un étage, pour découvrir un décor semblable au précédent et qui lui apporta la même déconvenue. Il se traina alors un étage plus haut encore. Là, les bureaux étaient moins nombreux et plus spacieux. Il remarqua un placard à demi ouvert, duquel pendait un cordon. En s'en approchant, il constata qu'au bout de ce cordon se trouvait une sorte de combiné. Avec fébrilité, il écarta les portes du placard et poussa un cri de joie. À l'intérieur, il y avait un émetteur-récepteur radio, disposé sur un plateau coulissant qu'il s'empressa de tirer à lui. Cette fois, les rares labels attachés à l'appareil étaient en anglais. Il put donc le mettre sous tension sans aucun souci, et faute de savoir utiliser l'appareil, se contenta d'approcher son oreille du haut-parleur. Une lampe diffusait une timide lueur orangée, signe que l'installation devait encore fonctionner. Hélas, tout comme les lignes de téléphone, la radio ne semblait pas disposée à mettre Nick en relation avec l'extérieur. Au moment où, découragé, il retournait à la porte, celle-ci se referma brutalement. Nick commença par mettre le claquement sur le compte d'un courant d'air. Il tourna la poignée, qui obéit sans pour autant déverrouiller la porte. C'est alors que le jeune homme s'aperçut que la clé, qui se trouvait à l'intérieur quand il était entré, avait quitté la serrure.

Il colla l'oreille sur le bois et demanda :

– Il y a quelqu'un ?

Il n'y eut aucune réponse. Nick insista :

– Il y a quelqu'un derrière la porte ? Je vous entends !

Cette fois, après quelques secondes, une voix étouffée lui parvint.

– Oui. Quel âge avez-vous ?

La question plongea Nick dans une perplexité totale. Quel âge il avait ? Était-ce là une question à poser ? Son cerveau ralentit son emballement, et il songea que cette voix, féminine, appartenait à une personne adulte. L'accent n'était pas celui d'une anglophone. Nick hésita, puis comprenant le sens de la demande, joua franc jeu :

– J'ai seize ans, madame.

À nouveau, une forte respiration, puis la voix reprit :

– Vous n'êtes pas avec eux ?

– Avec qui ?

– Les autres enfants. Leur chef. Avec le pistolet.

– Non. Mon frère et moi sommes arrivés plus tard.

– Vous avez la marque vous aussi ?

Le jeune homme hésita à répondre à une question aussi directe. Il finit par s'y résoudre :

– Oui, madame. J'ai la marque.

– Oh… Alors…

– J'imagine que je suis contagieux pour vous.

– *Sì.*

Nick réfléchit un instant, avant de demander :

– Je m'appelle Nick Bowles, et je suis Britannique. Qui êtes-vous, madame, si je peux me permettre ?

– Je m'appelle Laura.

– Que faites-vous ici ?

– Je me cache.

Nick ne put s'empêcher d'être amusé par la candeur de la réponse ; il recouvra vite son sérieux.

– Vous vous cachez de qui, Laura ? De Nunzio ? L'adolescent au pistolet ?

– Oui.

– Il sait que vous êtes là…

– Non, il ne sait pas que j'existe.

– Pourquoi avoir peur de lui ?

– Je l'ai vu faire. S'il me découvre, il me tue.

Nick s'assit dos à la porte.

– Je suis assis, Laura. Faites-en autant, on s'entendra mieux.

– *Bene.*

Il y eut un bruit, à peine audible, de frottement d'étoffes, et la porte trembla légèrement.

– Pourquoi m'avoir enfermé, Laura ? Par précaution ?

– Oui. Vous n'avez pas l'air d'être comme les autres. Je vous ai observé et je me demandais si vous étiez…

– Adulte ? Eh bien non. Je suis juste le plus âgé des « jeunes » sur cette ile. Enfin, à part vous, j'imagine.

– Oui.

– Vous êtes une visiteuse du parc ?

– Non. Je travaille là. Enfin, *travaillais.*

– Tout le monde a abandonné le parc. Pourquoi pas vous ?

– Parce que je…

La voix s'interrompit d'un coup.

– Laura ?

– Quelqu'un vient. J'entends des pas.

– Peut-être Declan et Sheila. Ils sont inoffensifs.

– Non. Ils peuvent me contaminer.

– Je ne crois pas qu'ils portent la marque. Je n'en sais rien en fait, vous devriez…

– Je dois disparaitre.

– Laura, attendez ! Il faut qu'on se reparle !

– Je crois aussi. Ce soir, dans le train-fantôme. Juste avant minuit. Je vous glisse la clé sous la porte. Attendez un moment avant d'ouvrir, pour mon propre bien.

– Laura, je…

Il n'y eut plus aucune réponse de la part de Laura. Bientôt, comme promis, la clé passa sous la porte à toute vitesse, pour aller se perdre au milieu du bureau. Obéissant, Nick la ramassa et compta une trentaine de secondes avant de se libérer.

À peine était-il sorti qu'il perçut des bruits de pas pressés et irréguliers. Quelques instants plus tard, les mines rondouillardes de Declan et Sheila apparurent au bout du couloir.

– Nick ! Tu es toujours là !

– Oui, oui. Un souci ?

– Les dragons se sont arrêtés.

– Ah. Je suppose qu'il y a un minuteur. Il doit falloir les relancer manuellement une fois qu'ils ont fini leur petit numéro. De toute façon, vous en avez assez vu pour aujourd'hui, non ?

– Oui, mais on voudra les revoir !

– Ça marche.

Il scruta le couloir à la recherche de son interlocutrice inconnue, qui évidemment, ne se montra pas.

– Bien, soupira-t-il. On peut partir, et puis l'heure du déjeuner approche, pas vrai ?

– Oui, on a faim !

Ils quittèrent le couloir, l'étage et enfin le château de pacotille. En s'en éloignant, il sembla à Nick que le poids de mille regards s'était abattu sur sa nuque.

VIII

Spectres

L'ambiance du déjeuner parut plus détendue à Nick que celle du dernier repas collectif auquel il avait assisté. Sans doute cela tenait-il au comportement moins agressif de Nunzio qui, n'ayant plus grand-chose à démontrer, avait gardé ses distances vis-à-vis de Nick. Roger s'était assis à ses côtés et expliquait calmement quelque chose dont Nick était incapable de capter la moindre bribe. Partout, la petite cour piaillait, se chamaillait gentiment, tout à la joie de cette nourriture récréative, souvent sucrée ou frite, et disponible en quantités pantagruéliques. De temps à autre, Declan et Sheila tâchaient de capturer le regard de Nick, à la recherche d'un acquiescement, de la validation d'on ne savait trop quoi. Le jeune homme y répondait d'un sourire qui se voulait complice.

Chiara, un pilon de poulet pané à la main, vint prendre place ses côtés.

– Ciao, Nick. Comment va ?

– Bonjour Chiara. Bien, je crois.

– Tu n'aimes pas les repas collectifs, hein ?

– Disons que je n'ai pas vraiment les mêmes intérêts que des enfants de dix ans.

– Oui, mais... moi, je n'ai pas dix ans !

– En réalité, je ne sais pas quel âge tu as, Chiara.

– J'ai dix-sept ans.

Nick, sceptique, leva un sourcil, et la jeune fille explosa de rire.

– Qu'est-ce que ça peut faire, l'âge que j'ai ? On a l'âge qu'on veut, ici. L'essentiel, ce n'est pas ça, non ?

Chiara croqua dans son poulet, mastiqua un moment, et pointa Nick avec son pilon :

– Parle-moi de toi, Nick Bowles. De ta vie d'avant.

Nick fut un peu déconcerté par la question. Il avala une gorgée de sirop, avant de demander :

– Pourquoi ça t'intéresse tellement ?

– Tu es *strano*, Nick. Quand une fille te pose des questions sur toi, tu réponds, tu ne poses pas une autre question ! Non ? Ce n'est pas comme ça, en Angleterre ?

Nick partit d'un petit rire.

– Je ne sais pas par où commencer, Chiara. Il y a peu à dire, au fond. Roger et moi sommes nés dans une famille de riches industriels. Notre père est même « sir ».

– Ah, je ne sais pas ce que ça veut dire, mais ça a l'air d'être important.

– Peut-être, oui. Roger et moi avons fréquenté de belles écoles. Nous avons deux ans d'écart.

– Mmm, deux ans de moins. Mais il a l'air très intelligent, pour un « petit frère », hein ?

– Ah, ça, tu peux le dire. Un peu trop sûr de lui, si tu veux mon avis. Il regarde le monde comme s'il avait déjà tout compris.

– Je vois, oui. J'ai remarqué aussi. Mais je ne le trouve pas... Ah, comment on dit ça...

– Hum... condescendant ?

– Peut-être.

Nick, alors que la conversation progressait, se détendit un peu. La franchise de Chiara avait une fraicheur inédite pour lui. Petit à petit, il oubliait ses réserves et se livrait de meilleure grâce.

– Qu'est-ce que tu aurais envie de faire, si tu n'étais plus sur l'ile ? demanda finalement Chiara.

– Si on retournait à la vie normale ? Laisse-moi réfléchir. Je crois que j'aimerais aller me promener dans notre campagne. Passer une après-midi à lire au bord d'un ruisseau, peut-être faire une partie de tennis.

– Avec ta chérie ?

La question fit sursauter Nick, et ses oreilles rosirent légèrement.

– Quoi ? insista Chiara. Un *bel ragazzo* comme toi, c'est normal que tu en aies une, non ?

Pourquoi, se demanda Nick, une question à laquelle on pouvait simplement répondre par « oui » ou « non » semblait-elle à ce point insurmontable ?

– Je n'ai pas de « chérie » qui m'attend quelque part, finit-il par répondre.

Il se sentit davantage épuisé d'avoir aligné ces quelques mots que par ses exploits à la rame, quelques jours plus tôt. Chiara accueillit l'information avec une neutralité trop affichée pour être parfaitement honnête. Nick, à la recherche d'une échelle de secours, s'enquit à son tour :

– Et toi, alors ? Tu ne m'as à peine parlé de toi. Tu aimerais faire quoi, quand tu retourneras à terre ? Retourner à ta vie d'avant ?

– Pourquoi pas ? fit Chiara en haussant les épaules. Ce n'était pas si mal.

– Non ? Tant mieux, alors. Ça n'avait pas l'air facile.

– C'est vrai. Mais ça ne me déplaisait pas.

– Tu n'aimerais pas aller davantage à l'école ?

– Ah, j'aurais bien aimé. C'est trop tard maintenant, et ce que je dois apprendre, je l'apprendrai comme ça.

– Comme ça ?

Elle haussa les épaules.

– Oui, comme ça. En essayant.

– C'est très courageux de ta part, répliqua Nick avec une mine admirative.

– Tu trouves ça courageux, vraiment ?

– Oui, franchement. C'est dur de ne pas être guidé. Ma vie a été plutôt rassurante, de ce point de vue.

– Bah, tu as l'air de savoir bien t'adapter aussi.

– Oh, au fait !

– Oui ?

Nick eut un sourire en coin.

– Tu ne m'as pas dit pour *toi*.

– Pour moi, quoi ?

– Tu as un amoureux, sur la terre ferme ?

Naïvement, Nick avait pensé rendre à Chiara la monnaie de sa pièce, mais le sourire qui l'accueillit en retour – entier, spontané, gonflé de satisfaction – le déstabilisa bien davantage que prévu.

– Non, je n'ai personne, Nick Bowles ! Et je suis ravie que tu te poses la question !

– « Ravie », répéta Nick comme un perroquet sous tranquillisant. Je n'ai pas...

– Tu n'as pas quoi ?

Roger choisit ce moment pour apparaitre entre Chiara et Nick ; ni l'un ni l'autre ne l'avaient vu ni entendu arriver, mais son intrusion arrangea plutôt les affaires de son grand frère.

– Chiara, je peux t'emprunter Nick ? Il faut qu'on parle. *Da fratello a fratello.*

Elle sourit et se leva, puis s'éloigna en direction d'un groupe d'enfants en pleine chamaillerie.

– Alors ? commença Roger. Qu'as-tu découvert de beau ?

Nick fut soulagé de comprendre que Roger ne faisait nullement allusion à la conversation qu'il venait d'avoir avec Chiara :

– Je te demande pardon ?

– Ce matin, après qu'on s'est quittés. Il t'est arrivé quelque chose, non ? Tu avais l'air rudement préoccupé en arrivant ici.

– À ce point ?

– Oui. Je sais exactement quelle tête tu fais quand tu cogites quelque chose. Enfin, quand quelque chose te tracasse.

Nick soupira :

– Tu sais, ce ne sont pas les motifs de tracasserie qui manquent, en ce moment.

– Je sais bien. N'empêche que tu avais la tête de quelqu'un qui a vu… un fantôme.

Le mot perturba quelque peu Nick, qui ne trouva pas immédiatement de quoi répondre. Roger en pouffa de rire.

– Nick ! Il y a tellement longtemps qu'on n'a pas joué aux cartes ensemble ! Il faudrait qu'on remette ça, tu as une *poker face* tellement lamentable ! Oh, pardon, mais c'est vraiment drôle.

Nick fit appel à toutes ses ressources intérieures pour ne rien trahir, mais Roger ne lui laissait aucun répit :

– Je vais te faire un aveu, Nick : je crois que nous ne sommes pas seuls sur l'ile. Il n'y a pas que nous deux, et les enfants. Enfants dans lesquels je range Nunzio, Chiara… Enfin, tu m'as compris. Je suis persuadé qu'il y a quelqu'un qui nous surveille.

– Ah oui, c'est vrai : tu es devin.

– Oh la la, les grands mots ! Non, plus simplement, depuis notre arrivée j'ai l'impression d'être suivi, et ce n'était pas par un des enfants. Ni par Nunzio, qui n'est pas la discrétion incarnée. Bref, je me demandais si par hasard tu n'avais pas vu cette personne pour de bon.

La première impulsion de Nick, bien naturelle, fut de conforter Roger dans ses soupçons. Toutefois, il choisit de la contenir, et cette décision lui coûta. Car elle le forçait à admettre qu'il ne faisait plus entièrement confiance à son frère. Il se mura dans le silence, et Roger reprit :

– Bon, ne t'inquiète pas, ce n'est rien ! Tu m'en parleras quand tu penses qu'il faudra m'en parler. Et si tu n'as pas envie de le faire, tant pis. Si j'ai envie de savoir la vérité, Nick, crois-moi, j'y arriverai. Sinon, à part ça, je crois que Chiara t'apprécie beaucoup, malgré tes grands airs.

– Mes grands airs ?

– Oh, oui, quoi qu'on y fasse, on reste les enfants de Sir Machintruc, tu sais ? Je suis heureux que tu te fasses au moins une amie ici. Bon, je suppose que tu la trouves bien jeune, mais elle a de la maturité, il me semble ? C'est une fille des rues, ça forge le caractère autrement.

– Oui, elle est vraiment sympathique, répondit Nick faute de savoir ce que lui inspirait plus précisément Chiara.

Il y eut un moment de flottement, et ce fut Nick qui y coupa court :

– Roger, je vais être honnête : je m'inquiète de ce que tu trames avec Nunzio.

– Je ne trame rien. Je lui ai juste fait quelques suggestions quant à l'organisation. En fait je...

Une petite fille vint tirer la manche de Roger, et lui demanda quelque chose en italien que Nick ne comprit pas. À sa grande stupeur, Roger répondit à son tour en italien.

– Quoi ? s'exclama Nick. Tu... tu parles italien maintenant ?

– Ah, je reconnais que je n'ai pas beaucoup dormi, ces deux dernières nuits. Un de nos compatriotes avait laissé une méthode d'italien dans le tiroir de sa table de nuit, à l'hôtel. À vue de nez, il devait en être à la page douze.

– Mais toi, tu as tout lu.

– Eh oui. Quand on a du temps, autant l'occuper à s'instruire, non ?

La petite fille insistait, et Roger déclara :

– Ok, *old chap*. On a vraiment besoin de moi. On essaie de se parler plus tard, d'accord ?

– Ça marche, Roger. Bon sang, je ne m'y fais pas. Toi avec des enfants ! Le plus beau, c'est que ça a l'air de te mettre en joie.

– Je suis le premier surpris.

Il murmura quelques mots à la petite fille, qui fit mine de prendre son mal en patience.

– Nick, hum... Je ne sais pas comment te dire ça...

Roger tordit la bouche avant de déclarer dans un seul souffle :

– Je vais prendre mes quartiers ailleurs. Tu auras donc le grand hôtel pour toi tout seul.

– Quoi ? Mais pourquoi ?

– On a tout ce... « monde » à notre disposition. Pourquoi s'entasser ?

– Attends, tu pourrais occuper une chambre tout seul. Ou t'installer à un autre étage de l'hôtel. Là, ça me semble un peu... je ne sais pas, exagéré.

– Oui, sans doute. J'en ressens quand même le besoin. Tu n'es pas vexé ?

– Vexé ? Non. Je suis surpris. Après, je ne vais pas non plus en faire un drame.

– Tant mieux. Bon, je dois y aller. Cette petite fille a l'air de ne plus en pouvoir d'attendre. À plus tard, Nick.

Le brouhaha du repas alla en s'atténuant alors que la pièce se vidait. Mais Nick ne s'en rendit même pas compte : son esprit jusque-là occupé par son rendez-vous du soir, devait à présent se débattre avec les raisons – les *véritables* raisons – qui avaient pu pousser Roger à prendre ainsi ses distances.

*

C'était une nuit tiède et, jugea Nick, un peu trop lumineuse. La lune affichait une rondeur presque pleine, et rendait les déplacements à l'intérieur du parc moins discrets qu'il ne l'aurait souhaité. Le jeune homme, après plusieurs jours, n'avait pas encore pleinement intégré le plan du parc. Il était plus vaste qu'un village, et sa géométrie interne lui conférait un gigantisme artificiel – comme si on avait replié sur elle-même, des dizaines de fois, une immense étendue dont toutes les sinuosités se superposaient. Tout à ces considérations, Nick tâcha d'emprunter les artères les moins exposées. Bien sûr, Nunzio n'avait pas instauré de couvre-feu, et rien n'interdisait au jeune Anglais de se promener en pleine nuit. Toutefois, il était préférable de ne pas trop attirer l'attention.

Le train-fantôme, lieu du rendez-vous, était situé un peu à l'écart des attractions principales. Le baraquement, de grande taille, se cachait derrière une façade en bois décorée dans une ambiance de roman gothique bien éloignée du règne arthurien. Une immense cage, abritant un squelette vêtu de haillons, pendait au-dessus de l'entrée. Le bras du malheureux s'échappait entre deux barreaux, et un corbeau empaillé sur son épaule se trouvait figé en plein festin nécrophage. La mise en scène n'avait guère impressionné Nick la première fois qu'il était passé devant l'attraction ; à cette heure-là, c'était une autre paire de manches et il ne put s'empêcher de frissonner.

Nick monta sur la rampe en bois qui menait au guichet, tâchant de ne pas la faire grincer ou résonner. Un coup d'œil sur la cabine vide révéla une décoration macabre du même acabit, avec ossements, chauve-souris empaillées et autres artefacts horrifiques. Restait maintenant à trouver Laura.

De temps à autre, des niches à droite ou à gauche du parcours laissaient apercevoir les scènes d'épouvante vantées à l'extérieur. Là, une sorcière agitait le contenu d'un immense chaudron d'où dépassaient une bouillie verte et un bras humain ; ici, un malheureux condamné s'apprêtait à être écartelé sur une machine de cauchemar. Les tableaux se succédaient de façon irrégulière, et si Nick tâchait de garder la tête froide, il en éprouvait malgré tout une certaine gêne. Le fait que le spectacle ne soit visible qu'à la faveur de minuscules veilleuses, comme dans un rêve, y contribuait en grande partie. Pourquoi avoir donné rendez-vous à Nick dans cet endroit sinistre ? Sans doute, songea le jeune homme, parce qu'aucun des enfants n'aurait l'idée de s'y promener spontanément, en pleine nuit.

Alors que le dédale semblait s'éterniser, et que la cruauté des scènes représentées commençait à agir sur le système nerveux de Nick, un murmure vint rider le silence.

– Laura ? fit-il.

– Oui. Je suis tout près.

Nick regarda autour de lui, mais ne vit rien d'animé. Il s'était retrouvé planté devant un mannequin de femme aux canines proéminentes, drapée dans une longue robe blanche maculée de rouge.

– Laura ?

– Oui, je suis là.

La voix venait du mannequin. Ou plutôt, il était vraisemblable qu'elle vînt de derrière, dans un renfoncement obscur.

– Vous avez choisi un drôle de lieu de rendez-vous.

– Je n'ai pas le choix, il faut que je sois discrète.

– Vous ne voulez pas vous montrer ?

– Non. Vous pourriez me faire du mal. Je veux dire, sans le vouloir.

– Bien sûr, je comprends. Bon, maintenant, expliquez-moi tout : pourquoi êtes-vous la seule adulte de l'ile, aujourd'hui ? Que s'est-il passé ?

Nick ne pouvait s'empêcher d'observer la figure vampirique qui lui faisait face, comme si c'était elle qui s'adressait à lui.

– Il y a un ferry spécial qui amène les employés jusqu'à l'ile. Le jour où… tout a basculé, le personnel s'est précipité vers le bateau. Je suis restée pour rassembler des dossiers importants.

Quand enfin, j'ai pu me mettre en route, il était trop tard. Tout s'est fait dans le chaos.

– Vous étiez la seule retardataire ? Ça me parait incroyable.

La voix dans les ténèbres se tut tout d'abord, avant de déclarer :

– Non, je n'étais pas la dernière. Il y avait à ma connaissance deux autres personnes.

– Et où sont-elles ?

– Demandez à votre ami. Celui qui a le pistolet.

– Nunzio ? Attendez... Vous voulez dire...

– Oui, Nick : il les a tués. Un homme et une femme avec qui je travaillais. Quasiment sous mes yeux. Je suis arrivée juste après les coups de feu : j'ai juste eu le temps de voir leurs corps sans vie près de l'embarcadère, avant de me mettre à l'abri.

– Bonté divine... Vous êtes certaine que c'était lui ?

– Qui d'autre ?

– Je n'en sais rien. Des enfants m'ont dit qu'il y avait aussi des soldats, au moment de l'embarquement.

Les lèvres de la statue avaient-elles bougé ? Non, cela était bien entendu impossible. S'il y eut une réponse, Nick ne l'entendit pas. Il reprit :

– Comment puis-je vous aider, Laura ? Est-ce que vous mangez à votre faim, au moins ?

– J'arrive à prendre de la nourriture là où j'en trouve, mais j'ai peur d'être découverte, alors je fais très attention.

– Laura... Nunzio est un petit crétin irresponsable qui n'a pas la moindre idée de ce qu'il fait. Il ne sait plus où il en est. Je pense que le plus simple serait que je lui explique tout. Il ne viendra pas vous embêter si je vous place sous ma protection. Et les autres enfants sont perdus. Ils ne présentent aucun danger pour vous.

– Si seulement je pouvais y croire. Hélas, je sais ce que j'ai vu. C'est trop dangereux, il doit encore ignorer que je suis là.

– Comme vous voudrez. Je suis peut-être trop naïf.

– Vous m'avez l'air très mûr pour votre âge, Nick.

Il haussa les épaules.

– On attend de moi que je sois déjà un homme, vous savez. Enfin... Tout cela ne répond pas à ma question : comment puis-je vous aider ?

– En m'aidant à partir. Et vous pouvez partir avec moi.

– À partir ? À revenir sur le continent, vous voulez dire ?

– La Sicile n'est pas le continent. Mais oui, c'est cela.

Le jeune homme réfléchit un moment :

– Savez-vous quelle est la situation, là-bas ? Vous avez des nouvelles ?

– Aucune.

– Et moi, je ne vois, jour après jour, aucune activité sur la côte. Comme si le monde était... Je ne sais pas...

– Mort ?

– Oui.

Nick se dégourdit les jambes, avant de demander :

– Comment diable voulez-vous regagner la côte ? Si j'avais pu le faire, croyez-moi, j'aurais déjà tenté ma chance. Il n'y a aucun bateau ici, il me semble.

– Avez-vous exploré de fond en comble tout le parc ? Parce que l'une des attractions est une promenade dans un circuit aquatique, dans des canaux.

– Ah... Et ?

– Cette attraction se fait sur des barques.

Cette fois, l'information avait piqué la curiosité de Nick.

– Des barques... utilisables ?

– Je sais que ce sont de vraies barques qui ont été modifiées pour l'attraction, oui.

– Je vois... Pensez-vous qu'elles seraient assez solides pour affronter la mer ? Et puis, je me vois mal recommencer à ramer sur toute cette distance.

– Il faudrait les démonter et juger. Vous vous y connaissez en navigation ?

– Pas vraiment. J'ai des rudiments, mais ça ne va pas très loin.

– Moi, je m'y connais. Je pourrais vous expliquer comment installer une voile.

La proposition était tentante.

– Si jamais on arrivait à mettre en état de quoi nous enfuir... et à supposer que l'on accepte le risque de mourir en pleine mer... qui partirait ? Vous, moi, et mon frère ? J'imagine qu'on tiendra difficilement à trois, et si en plus vous avez peur de nous côtoyer...

Le fantôme se tut, suffisamment longtemps pour que Nick en vienne à se demander si son interlocutrice, n'avait pas tout simplement pris la fuite. Quand la voix résonna de nouveau, il lui sembla qu'elle provenait d'un angle très légèrement différent.

– Il faudra en préparer deux. Et les attacher. Je resterai dans celle sans voile.

– Tout cela me parait compliqué, gémit Nick.

– Nous n'avons pas mieux, n'est-ce pas ?

Il y a une radio, dans le... dans le château. Vous le saviez ? J'étais devant quand vous m'avez séquestré !

– Oui, en effet.

– J'ai l'impression qu'une partie a grillé. Vous ne sauriez pas comment la réparer ?

– Eh bien, ce n'est pas forcément compliqué, mais... personne ne vous répondrait. Les téléphones sont morts.

– Bon, comment voulez-vous qu'on fasse avec les bateaux ?

– Allez voir l'attraction dont je vous ai parlé. Et je vous recontacte demain en fin de journée.

– Où ? Comment ?

– Ne vous inquiétez pas, je trouverai un moyen.

– Je ne suis pas « inquiet ». Juste pas très à l'aise avec l'idée d'être… suivi. Vous comprenez ?

Il attendit longuement la réponse. Elle n'arriva jamais.

Après cinq minutes, il soupira, et résigné, regagna la sortie du train-fantôme. Pour la première fois depuis son arrivée, il se demanda si les efforts à venir valaient réellement d'être menés à bien ; si l'attente n'était pas la solution la moins coûteuse en énergie, aussi bien physique que morale. Tout à ses tourments, il regagna l'hôtel, dont il était désormais à la fois le maitre et le seul occupant.

IX

La balade de Gauvain

« La balade de Gauvain » n'avait strictement aucun rapport avec messire Gauvain, le neveu du roi Arthur qui n'avait jamais fait de promenades en canot. Peu importait : l'essentiel était de vérifier si les dires de Laura s'avéraient, et qu'il était possible de récupérer l'une des barques.

Celle-ci s'abritait derrière une façade en fausse pierre d'aspect moins sinistre que le reste du parc, car des tentures de couleurs vives et de multiples décorations bariolées la rehaussaient. Moins courue que les autres, l'attraction avait été bâtie dans un coin un peu excentré du parc, au milieu d'une immense pelouse hérissée d'arbres trop rares et de quelques tables et chaises en bois. L'entrée de service était verrouillée. Nick s'en remit donc à l'entrée principale. Alors qu'il effleurait une fleur en tissu orange pour vérifier si elle était vraie, il perçut un frottement d'étoffes derrière lui. Il fit volte-face, mais son parfum avait déjà trahi Chiara. Il poussa un soupir de soulagement et les bras croisés, salua l'adolescente.

– Bonjour Chiara.

– Ciao, Nick.

– Tu es d'humeur romantique ?

– Pardon ? Oh, non. Je n'avais pas encore visité cette attraction. C'est tout.

Elle eut une moue ironique.

– Vous êtes des drôles de gars, ton frère et toi, hein ?

– Pourquoi ?

– Oh, je crois que je suis bonne en... en... comment on dit... en psychologie !

– Et que te dit la psychologie ? demanda Nick tout en cherchant des yeux, à l'intérieur du bâtiment, le début de l'attraction proprement dite.

– Elle me dit que vous avez tous les deux une idée derrière la tête, et que les autres ne vous intéressent pas beaucoup.

– En ce cas, pourquoi est-ce que tu me suis ? Si tu penses que les autres ne m'intéressent pas, ça ne doit pas être très agréable.

Il ponctua sa question d'un clin d'œil, soudain inquiet à l'idée d'avoir été trop cassant.

– Oh, tu es susceptible ! releva Chiara avec gaieté.

– Pas du tout ! Je suis curieux de savoir ce que tu fais là.

Elle leva les bras au ciel d'une manière un peu théâtrale, et ajouta :

– Eh bien... à mon avis, tu n'es pas irrécupérable.

– C'est-à-dire ?

– Tu te donnes des airs froids, comme tous les Anglais, mais je pense que si tu fais des efforts, tu pourrais devenir presque *simpatico* !

– « Presque », hein ? pouffa Nick. C'est déjà ça ! Bon, puisque tu es là, tu n'as qu'à venir avec moi !

– Un tour de barque avec toi ? Waouh... J'ai de la chance, aujourd'hui.

– Oh, je ne sais pas. Pas sûr que ça soit inoubliable.

– Mmm, je connais un peu l'attraction. Le reste, ça dépend de toi, Nick Bowles.

Nick, une fois encore, se retrouva à court de mots. Il s'en remit à la galanterie élémentaire et tendit un bras vers l'avant :

– Après toi !

Ils avancèrent ensemble dans l'attraction qui, comme le train-fantôme la veille, baignait dans une pénombre orangée, irréelle et un peu désagréable, comme les coulisses d'une scène de théâtre. Bientôt, ils purent atteindre un embarcadère miniature, qui longeait un canal artificiel. Là, une dizaine de barques s'alignaient dans une eau stagnante qui, faute de circulation, avait commencé à croupir.

– C'est très romantique, en effet, commenta Nick en grimaçant.

Le jeune homme se mit à chercher quelque chose du regard, ce qui éveilla la curiosité de Chiara :

– Tu veux tout mettre en marche, pas vrai ? Il y a une commande centrale, mais chaque manège peut être contrôlé indépendamment. Le courant se coupe automatiquement à une certaine heure. Les machines peuvent ensuite être réactivées à part, si on veut.

– Tu sais où ça se trouve, ici ?

– Hum... Je n'y suis venue qu'une fois ou deux. Ce n'est pas le préféré des enfants. En général, c'est quelque part derrière la cabine d'accueil.

Ils rebroussèrent chemin, pénétrèrent dans l'habitacle et avisèrent une porte tellement bien intégrée dans la décoration qu'elle en devenait invisible. La clé était restée enfichée dans la serrure, et Nick découvrit derrière le poste de commande. Il demeura perplexe devant les différents contrôles, mais Chiara actionna quelques leviers d'une main sûre. Aussitôt, une ritournelle usée s'échappa des haut-parleurs disséminés un peu partout dans l'attraction, accompagnée d'une lumière plus franche. Il y eut aussi le bruit de mécanismes qui se mettent en marche et bientôt, il fut à nouveau possible de pratiquer « la balade de Gauvain ».

– Dis-moi, tu as l'air de bien connaitre le fonctionnement des manèges.

– Oh, oui. C'est la première chose que l'on a faite, les faire fonctionner.

– Ce n'était pas trop compliqué ?

– Bah, pas tant que ça. Et puis, Nunzio avait un oncle qui travaillait ici. Il lui avait montré des choses, quand il était plus jeune. Bon, alors, tu m'emmènes, *gondoliere* ?

– Allons-y.

Ils retournèrent jusqu'aux barques, qui se mouvaient désormais d'elles-mêmes le long d'un canal agité de petites vaguelettes.

Nick sauta dans la première barque de la file, et tendit la main à Chiara qui l'accepta en souriant. Ils s'assirent face-à-face, et se mirent à voguer à travers des décors miniatures, représentant les grandes heures de l'amour courtois. Le jeune homme n'y accordait cependant que fort peu d'attention, et semblait surtout intéressé par la barque elle-même. Amusée, un peu agacée sans doute, Chiara demanda :

– Allons bon. Qu'est-ce que tu cherches encore ?

– Oh, je... je me demandais comment les barques avancent toutes seules.

– Ah. Ce n'est pas *dans* la coque que tu trouveras la réponse, je pense.

– Non, bien sûr...

Ils parvinrent au sommet d'une sorte de cascade. L'arrivée les éclaboussa et Nick éclata de rire sous l'effet de la surprise. La barque poursuivit son chemin en remontant une pente. Le jeune homme s'exclama :

– Un câble... La barque doit être tractée par un câble.

Chiara leva les yeux au ciel :

– Oui, sans doute. Très intéressant !

– Chiara, je te suis très reconnaissant de ne pas me poser davantage de questions. Tu sais que je ne suis pas venu ici pour le plaisir de naviguer dans un livre d'images. Et tu aurais pu être plus curieuse.

– À quoi bon, hein ? Tu fais ce que tu veux. Tout le monde fait ce qu'il veut, ici, c'est la règle. Tu veux partir de l'ile. Bon.

Personne ne t'en empêchera. Même pas Nunzio. Au contraire, je pense. Tant que tu ne reviens pas avec du monde. Avec des adultes.

– Ce serait pourtant inévitable, n'est-ce pas ?

– Peut-être. C'est toi qui sais.

Chiara eut soudain l'air troublé ; elle affichait cette mine qu'ont ceux que la vérité, trop longtemps conservée en eux, finit par empoisonner. Elle déclara soudain :

– Nick, les enfants qui sont ici... Ils n'ont pas été vraiment abandonnés, tu sais ? Nunzio... Moi... et les autres, à part les petits Irlandais, nous étions venus ici de façon clandestine.

Nick fit claquer sa langue.

– Sheila m'avait dit un mot ou deux sur ça. Je n'étais pas sûr d'avoir bien compris.

– Nous sommes montés sur le bateau en cachette, et nous sommes restés dans la cale pendant toute la traversée. L'entrée du parc était trop chère pour nous, on voulait quand même en profiter. Ça nous énervait que seuls les touristes y aient droit. Tu comprends, nous, à terre ; les touristes, on les rabat vers toutes ces choses qu'on ne pourra jamais s'offrir. Ce n'est pas juste.

– Je vois. Et à terre, il y a des gens qui savent où vous êtes ?

Elle eut une moue perplexe.

– Je ne sais pas. Et je ne sais pas si on manque à qui que ce soit. Même à nos familles. Et puis, est-ce qu'elles existent encore, nos familles ? Tout a l'air mort, là-bas.

Nick remarqua qu'il n'aimait guère entendre ce fait exprimé à haute voix, par un autre que lui, quand bien même il y pensait chaque jour. Il changea de sujet.

– Tu sais, je ne comprends pas l'attitude de Nunzio. Il se sent trahi, mais au fond, personne ne lui a rien fait. Il a interprété l'évacuation de l'ile comme une espèce de... je ne sais pas. D'acte de guerre. Il y avait visiblement des raisons sanitaires.

Après, peut-être que le personnel a été un peu brusque. Il n'empêche que…

Chiara l'interrompit d'un geste.

– Si, Nick. Quelqu'un lui a fait quelque chose. Un des officiers de sécurité l'a attaqué. Il y a des gens qui étaient en train de devenir fous, tu sais ? Et ceux qui n'étaient pas fous avaient tellement peur de le devenir que c'était tout comme. Je ne sais pas si le garde était malade… ou s'il avait juste peur en voyant la marque sur le cou de Nunzio. En tous les cas, il s'est jeté sur lui et a essayé de l'étrangler.

– Et ?

– Il portait une arme à sa ceinture. Nunzio a réussi à lui prendre et lui a tiré une balle dans le cœur.

Nick s'épongea le front.

– Bon sang, je comprends que ça ne tourne plus rond dans sa tête. Quel choc ça a dû être pour lui.

– Depuis, il s'est mis dans la tête de tous nous protéger coûte que coûte. Il croit que…

Elle n'osa pas poursuivre.

– Que tous les « adultes » vous veulent du mal ?

– Oui.

– Et toi, tu en penses quoi ?

– Je ne sais plus. Avant, je pensais comme lui.

– Et qu'est-ce qui t'a fait changer d'avis, Chiara ?

Elle eut l'air embarrassé.

– Toi. Tu es différent.

Nick partit d'un rire où pointait l'embarras.

– Mais je ne suis pas un adulte.

– Non. Mais tu n'es plus un enfant.

Ces mots résonnèrent un long moment dans le tunnel, alors que la barque continuait à accomplir son circuit, imperturbable.

– Chiara, tu sais…

– Oui ?

– J'ai toutes les raisons de me méfier de toi, pourtant... tu m'inspires confiance. Je suis désolé d'avoir insinué que tu m'espionnais, il y a quelques jours.

– Nick, je ne t'en veux pas. Je t'espionnais vraiment !

– Quoi ?

– Oui. Tu m'as demandé sérieusement, je t'ai répondu sérieusement ! Nunzio voulait des informations.

– Je vois... Et... que lui as-tu appris, alors ?

– Que tu étais un gros empoté avec les filles.

Ils se dévisagèrent un moment, silencieux et interdits. Et puis, dans la même expiration, ils éclatèrent de rire. Et ils rirent jusqu'à ce que la barque atteigne sa destination finale et heurte la précédente. Ils sursautèrent, tout enjoués. Pourtant, leur plus grande source de surprise ne fut pas la fin subite de l'attraction, mais la présence, sur le quai de débarquement, de Roger flanqué de deux enfants dont Nick ne connaissait pas les noms. Roger affichait une mine plus sérieuse qu'à l'accoutumée, et les enfants, eux, semblaient à demi paniqué.

– Roger ? Qu'est-ce que tu fais là ?

– On est dans un état libre, non ? La République démocratique d'Avalon Park !

– Je...

– Blague à part, vous êtes adorables, les tourtereaux, mais on a besoin de toi, Nick. Et vite.

Nick et Chiara sautèrent hors de la barque, et suivirent Roger au pas de course.

– Tu peux m'expliquer ce qu'il y a de si grave, Roger ? Tu as l'air tout retourné, et ce n'est pas trop ton genre.

– Disons que je viens de voir quelque chose qui retournerait, en effet, l'estomac le plus endurci. Il y a eu un accident. Vittorio, un des enfants.

– Oui, je vois qui c'est. Que lui arrive-t-il ?

– Il vient de faire une chute et...

– Quoi, Roger, quoi ?

– Ce n'est pas très beau à voir. Même pour un monstre sans cœur dans mon genre.

Nick ne chercha pas à en savoir plus. Ils traversèrent les allées désertes pour arriver, finalement, à l'infirmerie où les deux Anglais avaient trouvé refuge à leur arrivée. Autour de la table d'examen se pressait une petite foule agitée, dont dépassait la tête de Nunzio. Il était en train de proférer des paroles inintelligibles, probablement des mots de soutien. Quand il vit Nick, Roger et Chiara revenir, son visage ne dissimula pas son soulagement. Nick se fraya un chemin jusqu'à la table, et découvrit le petit Vittorio torse nu, les traits abimés dans une expression de douleur indicible. Son regard redescendit le long de son corps, pour se poser sur sa blessure.

Sous le genou droit de Vittorio, on ne distinguait qu'une masse indistincte et sanguinolente, à peine l'idée que l'on pouvait se faire d'une jambe. Au milieu des chairs ruisselantes, la pointe d'un os, d'une blancheur dérangeante, se dressait comme un affront à la raison. Le plus étrange, le plus horrible aussi, était la fascination que cette image de cauchemar provoquait chez les autres enfants attroupés. Ce n'est pas le dégout que l'on lisait dans leur expression, mais une sorte d'admiration involontaire, comme si la blessure de Vittorio réanimait, tout à coup, un appétit païen, sacrificiel, inscrit dans l'âme de chacun de ces petits êtres.

– Que s'est-il passé, bon sang ? demanda Nick d'une voix tremblante.

– Il a voulu descendre d'un manège tout seul, gémit Sheila. Alors qu'il était en route.

– Quel manège ?

– Les montagnes russes. Il a essayé de sauter en marche.

Nick resta muet, en contemplant le sinistre résultat.

Alors, Nunzio, hésitant, demanda :

– Tu... tu peux faire quelque chose ?

– Pourquoi je pourrais faire quelque chose ? fit Nick sans même tourner la tête.

– Roger a dit que tu voulais être médecin.

Nick lui fit face :

– Oui. Que je *voulais* être médecin, en effet ! J'ai seize ans, Nunzio ! Tu crois que j'y connais quoi que ce soit ?

– Du calme, grand frère, intervint Roger. Et ce n'est pas la peine de faire ton modeste. Ça fait quand même quelques années que tu t'y intéresses en vue de...

– En vue d'en faire mes études, oui ! Je n'ai aucune pratique, aucune expérience, aucun savoir-faire ! Je ne suis *pas* médecin !

Nunzio montra le contenu d'une étagère, garnie de quelques ouvrages médicaux.

– Peut-être que là-dedans, tu peux trouver quelque chose ?

Nick haussa les épaules.

– Vous allez arrêter d'être fous, tous autant que vous êtes ? Nunzio, tu crois que je vais ouvrir un bouquin, chercher « fracture ouverte » dans la table des matières et savoir, d'un claquement de doigt, comment procéder ?

Nunzio tâcha de garder la tête haute :

– Je ne sais pas. Moi, les livres...

– Oui, ça se voit ! gronda Nick. Seigneur, quel massacre...

Nunzio se tut. Roger revint à la charge :

– Écoute, il faut agir et ce n'est pas parce que tu es paniqué à l'idée d'empirer les choses qu'il faut t'énerver.

– Tu sais quel est ton problème, Roger ?

– Non, Nick, répliqua froidement l'intéressé. Éclaire-moi, je t'en prie !

– Ton problème, c'est que ta posture de petit cynique, tu as pu la garder, t'y complaire, parce qu'il y avait toujours quelqu'un derrière pour te sauver la mise. Tu peux regarder le monde de toute ta hauteur, avec ta grande intelligence et tout ton mépris : c'est facile quand il y a papa ou moi derrière pour te rattraper. Tu vomis le petit univers dans lequel on a grandi, mais la réalité, c'est que tu t'en accommodes très bien. Tu veux juste te convaincre du contraire. Tu sais qu'au bout du bout, il y aura toujours ce bon vieux Nick pour te servir de filet. Seulement, moi, je ne peux compter sur personne. Et certainement pas sur toi. On ne va pas sauver ce gamin avec des sarcasmes.

Roger écouta toute la tirade sans bouger un muscle de son visage. Après s'être assuré que Nick avait bien fini de parler, il dit :

– C'est magnifique. Heureusement que tu es là pour m'ouvrir les yeux. Maintenant, reprenons : que penses-tu pouvoir faire pour le gamin ?

Nick rencontra le regard embué de Vittorio, alors même qu'il reprenait conscience de la présence des autres enfants. Finalement, il déclara :

– Écartez-vous. Tous. Non : Chiara, parle au petit. Essaie de le réconforter. Roger, va chercher de l'alcool.

– Qu'est-ce qui te fait dire que…

– Je sais pertinemment que tu en as trouvé, et même que tu en bois. Allez !

Chiara se plaça à côté de Vittorio et lui prit la main, tout en susurrant des mots d'encouragement. Roger disparut. Nunzio resta à sa place, observant la scène avec un air d'impuissance où l'on ne distinguait même plus de colère.

Roger revint cinq minutes plus tard, à bout de souffle, une bouteille d'eau de vie à la main.

– Tu es allé encore plus vite que je pensais… Et elle est déjà bien entamée, cette bouteille.

– Nick, ce n'est pas le moment.

– Tu as raison. On en reparlera, en tous les cas. Chiara, je ne pense pas qu'il y ait de véritable anesthésiant ici, alors… il faut que Vittorio boive de l'eau de vie. Je ne peux pas faire mieux et de toutes les manières, avec du chloroforme, je risquerais de le tuer ou de nous endormir tous. Vas-y.

Chiara expliqua ce qu'il devait faire au malheureux garçon, qui commença à boire au goulot en toussotant.

– Je préfère qu'il se paie une bonne gueule de bois, ajouta Nick.

Il alla se passer les mains sous l'eau, les savonna longuement, et se mit alors à ouvrir frénétiquement tous les placards de l'infirmerie. Après avoir rassemblé ce qui lui semblait nécessaire, et qu'il posa fébrilement sur un chariot à roulettes, Nick s'approcha de la plaie et ferma les yeux. Avait-il quoi que ce soit auquel il aurait pu s'accrocher ? Un souvenir ? Non. Jamais il n'avait assisté à une réduction de fracture de fortune. Une lecture ? Peut-être. Mais laquelle ? Quand ? Tout lui échappait, tout devenait insensé et grotesque. Ses connaissances en anatomie étaient celles d'un dilettante passionné, bien loin de celles d'un étudiant en médecine. Que diable pouvait-il faire, à part improviser, surmonter sa peur, faire au *moins pire* ?

Tous le regardaient, mais lui ne les voyait pas. Ses lèvres tremblantes égrenèrent une prière, et ce faisant, lui pour qui la foi n'était qu'une habitude, il se sentit plus acculé que jamais.

Et puis, finalement, le moment fut là. Ses mains plongèrent dans le tas de chairs à vif, comme s'il s'agissait d'une matière brute à sculpter. Une partie de son cerveau se mit à dériver, tandis que l'autre lui dictait des ordres brefs, impérieux, sans lui laisser le temps de réfléchir à ce qui leur donnait naissance.

Il fallait nettoyer la plaie, dans un premier temps. C'était l'évidence même. Il s'y employa à l'aide de compresses et de l'alcool médical qu'il avait trouvés dans les placards. Il s'y employa en tâchant de ne pas trembler, procédant zone par zone, jusqu'à ce que la blessure présente un aspect – un peu – moins terrifiant.

Nick ne pensait plus à la douleur qu'éprouvait – ou pas – le malheureux garçonnet. S'il avait eu tous ses esprits, il aurait vu que Vittorio, loin d'avoir été totalement soulagé par l'alcool qu'il venait de boire, s'était évanoui ; que Declan, d'abord subjugué par cette sombre beauté qu'ont les choses abominables, avait été rattrapé par la terreur, l'écœurement, et s'était mis à vomir dans le lavabo derrière lui ; que Chiara et Nunzio s'étaient vidés de leurs couleurs, impuissants, abattus, écrasés par la situation. Le temps n'obéissait plus à aucune règle, se dilatait puis se contractait en soubresauts.

Le plus dur demeurait à présent à accomplir : remettre l'os à sa place, et faire en sorte qu'il y reste. Pour la première étape, Nick ne voyait pas d'autre solution que de passer en force. Et de la force, il en avait, décuplée par l'adrénaline. Sans y réfléchir à deux fois, Nick appuya sur la partie apparente du tibia, lui intimant de retourner là où il n'aurait jamais dû cesser d'être. L'os, bien sûr, résista, refusant de se soumettre si facilement à la volonté d'un amateur. Mais finalement, Nick réussit à rapprocher les deux parties de tibia, réfrénant la répugnance que lui inspiraient ses propres gestes. Et maintenant ? Il lui semblait évident que le maintien du tibia fracturé à l'aide de matériaux externes, était la voie à suivre. Comment ? Comme un dément, il courut jusqu'au téléphone qui se trouvait dans la pièce voisine, l'arracha du mur et le fracassa au sol. Une foule de pièces mécaniques s'éparpillèrent autour de lui. Il se jeta à genoux, comme un chercheur d'or enfiévré, et récupéra les plus longues parties en métal. Il jeta ensuite son dévolu sur le mobilier, qu'il disloqua dans une sorte de frénésie sous les yeux ébahis de son assistance.

Il revint près de Vittorio, les yeux vitreux. Idéalement, il aurait fallu consolider l'os de l'intérieur. Il pouvait, au moins, tâcher de le maintenir de l'extérieur. Nick demanda à Chiara son poignard, puis détacha sa ceinture et demanda à son frère

– le seul à en porter une, à part lui – de faire de même. Il sangla la jambe de Vittorio, et inséra entre la peau et le cuir toutes les tiges et plaques métalliques qu'il avait pu récupérer. Il serra, pas trop fort pour ne pas couper la circulation, suffisamment pour que l'os n'aie pas l'idée de reprendre le même chemin. Il savait qu'il aurait dû visser l'armature directement à l'os ; mais c'était là bien au-delà de ce qu'il aurait eu la force de faire.

L'enfant était-il seulement vivant ? Nick ne se posait même plus la question. Quand il eut terminé, il désinfecta encore la plaie, plus difficilement maintenant qu'elle se trouvait ainsi encerclée par le métal.

Sans trop savoir pourquoi, Nick estima qu'il avait fini. Peut-être aurait-il pu éprouver le même sentiment d'achèvement deux minutes plus tôt, ou cinq minutes plus tard ; seul son instinct le guidait, sans aucune garantie d'approcher la vérité de près ou même de loin. Le tunnel qui restreignait sa vision s'élargit, le monde extérieur se manifesta à nouveau autour de lui. La première chose qu'il remarqua, c'est que ses mains, ses avant-bras et sa chemise étaient maculés de sang, frais par endroit, déjà sec à d'autres. Il lui fallut peut-être une minute encore avant d'oser poser les yeux sur son œuvre. Vittorio avait les yeux fermés, et reposait en une intrigante expression de contentement. Ses vêtements comme la table baignaient dans un rouge visqueux. Au milieu de tout cela, pourtant, surnageait un bandage impeccablement, miraculeusement blanc, qui dissimulait le bricolage médical de Nick.

– Il n'est pas… ? demanda le jeune homme, hébété.

– Il est vivant, dit Chiara. Je crois que… que tu as fait ce qu'il fallait. C'était incroyable.

Nick, les yeux dans le vague tituba jusqu'au lavabo encore souillé par une odeur aigre, qu'il ne remarqua même pas. L'eau coula sur ses mains, ses bras, emportant au fond de la bonde le sang de Vittorio. Puis, il se retourna, prenant appui sur le rebord en émail pour ne pas s'écrouler.

Nunzio s'approcha de lui et après un moment d'hésitation, lui tendit la main.

– Merci pour Vittorio, Nick. Je le connais depuis qu'il est tout petit. Je ne sais pas comment tu as fait. Merci encore.

La main de Nunzio resta suspendue dans les airs, sans que Nick ne se décide à la lui prendre. Alors, tout à coup, le jeune homme se redressa et, les yeux fous, décocha un crochet du droit qui frappa Nunzio au menton et le cloua au sol.

– Merci ? Merci ? hurla Nick. Merci de quoi ? De finir ton travail ?

– Nick... commença Chiara.

– Taisez-vous ! Taisez-vous tous autant que vous êtes ! Vous voyez le résultat ? Vous voyez le résultat de votre folie ?

Nunzio tâcha de se relever. Son équilibre ne paraissait pas lui être revenu.

– Vous êtes fous ! poursuivit Nick. Regardez ce gamin ! Regardez-le ! C'est ça que vous voulez ? Qu'il y en ait d'autres comme lui ? Au lieu de chercher les moyens d'empêcher les secours d'arriver, il fallait trouver un moyen de partir de cette ile ! Ou au moins, de prévenir l'extérieur !

Chiara s'avança.

– Nick, tu es bouleversé parce que tu as eu peur et...

– Non ! Je suis bouleversé parce que vous venez de vous débarrasser de votre responsabilité sur moi ! Je n'ai pas demandé à être ici, moi. Mais vous, *vous*, vous avez tout fait pour y rester. Vittorio est le premier : il y en aura d'autres. Un accident, une maladie... tôt ou tard, cela arrivera.

Nunzio avait fini par se relever ; sa mâchoire, à l'endroit de l'impact, avait déjà bleui.

– Il vaut mieux mourir en ayant choisi sa vie que vivre selon la volonté des autres.

– Choisi ? hurla Nick. Vittorio a choisi quoi que ce soit ? Il a juste suivi le « grand » de son quartier, celui qu'il admire parce qu'il a trois ans de plus et un peu de poil au menton.

Nunzio bouillait de rage. Il posa les mains à son ceinturon, et ne tâta que du vide. Alors, il tourna la tête en direction d'une petite desserte sur laquelle reposait son pistolet, dont il s'était débarrassé en amenant Vittorio. Cela n'échappa pas à Nick. L'Anglais, en un clignement d'yeux, fondit sur l'arme, s'en saisit et tout en la tenant par le canon, la tendit à Nunzio :

– Tiens ! Prends ! Prends-le, ton jouet ! Prends-le et tire-moi dessus, tire sur qui tu veux, même sur toi !

Nunzio tremblait, et il avait sans doute mille raisons de le faire. Il attrapa l'arme par la crosse, la rangea dans son ceinturon et sans dire un mot, quitta la pièce.

Roger fit signe à toutes les autres personnes présentes dans la pièce de l'évacuer. Bientôt, il n'y eut plus que les deux frères autour du corps encore inanimé de Vittorio. Nick mit la tête entre ses mains. Roger s'éclaircit la voix et dit :

– Je n'y connais rien, mais à première vue, je dirais qu'il est vivant. En tous les cas, il respire. Ça me semble bon signe.

– Est-ce qu'il remarchera ? sanglota Nick sans regarder son frère.

– Ah, ça, qui sait ! N'empêche qu'il va mieux maintenant qu'au moment où il est arrivé.

Nick ne répondit rien, et Roger poursuivit :

– Ta conscience devrait donc être en paix, au moins pour ça. Pour le reste...

– Quel reste ? demanda Nick en relevant la tête.

– Oh, ton grand numéro, tu sais ? Ce que tu as cru bon de me dire. De dire à Nunzio, aussi.

– Roger, écoute...

– Oh, arrête-toi tout de suite. J'imagine que tu vas prétendre ne pas en avoir pensé un mot ? Non seulement tu le pensais, mais en plus, c'est probablement vrai. Ça ne change pas l'admiration que j'ai pour toi, grand frère. En revanche, ça va changer deux ou trois autres choses.

– Franchement, débuta Nick, à bout d'énergie, je ne suis pas certain que le moment...

– Mais il n'y a pas de bon moment ! Il n'y en aura jamais. Ni de mauvais, d'ailleurs. Il y a juste les moments qu'on arrive à attraper. Alors, moi, je vais profiter de celui-ci. Là, maintenant.

– Oh, Roger, pour l'amour du ciel...

– Non, non, ne t'inquiète pas, je ne vais pas être long. Écoute-moi bien. Ce que tu penses de moi, au fond, peu importe. Ce qui m'ennuie, c'est que tu aies humilié Nunzio devant tout le monde. Que tu l'aies rabaissé sur son manque de culture, que tu lui aies montré qu'en plus du reste, tu étais aussi plus fort que lui.

– Il l'a cherché, tu ne crois pas ?

– Ce n'est pas lui qui a poussé Vittorio du manège.

– C'est tout comme. Il s'est improvisé pasteur, il récolte ce qu'il a semé.

– Ce qu'il a semé, c'est l'espoir que des gamins des rues puissent profiter de la vie.

– Dans un parc d'attractions... Tu appelles ça la vie ?

– Un parc d'attractions... Tu veux dire, une grande propriété où l'on a tout ce qu'on veut, tout le temps, en abondance, coupée du monde extérieur ? Peut-être que ce n'est pas la vie. Tu en connais une autre, toi ? Au moins, celle-ci, on a un peu de contrôle dessus.

– Du contrôle... Comme aujourd'hui ?

– Eh oui, Nick. Eh oui...

Roger fit mine de s'éloigner, et Nick l'appela :

– Roger... je n'ai pas envie qu'on soit fâchés.

– Je ne suis pas « fâché », grand frère. Il y a sans doute un mot pour ce que je suis : figure-toi que je ne le connais pas. Comme quoi, notre belle éducation a ses lacunes aussi.

Il s'approcha de Vittorio et dit :

– Tu devrais aller te reposer. Chiara et Nunzio vont veiller sur lui. Encore bravo, Nick. Ta vocation ne fait plus aucun doute.

– Ma vocation… Je peux te dire que l'école de médecine me parait bien loin, en ce moment.

– L'école de médecine ? Je ne parlais pas de ça, Nick. Aujourd'hui, tu as prouvé que tu seras une excellente relève pour papa. Donner des ordres, juger les autres sans se mettre à leur place… C'est merveilleux : la lignée des Bowles se poursuivra donc ! Bonne soirée, mon colonel.

Et Roger s'en alla pour de bon.

X

Préparatifs

La sonnerie tira Nick de sa torpeur. Ce n'était pas tant son timbre que son incongruité qui lui fit battre le cœur soudain plus vite. Il se leva du fauteuil, et courut en titubant jusqu'au mur où s'agitait cet objet qu'il pensait devenu à jamais inerte. Il décrocha le combiné dans un halètement.

– Allo ?

À l'autre bout, on ne répondit pas immédiatement, mais la présence d'un interlocuteur était audible.

– Qui est là ? insista Nick.

– Où étiez-vous donc passé ? déclara enfin une voix féminine.

C'était Laura, quand bien même sa voix, ainsi transformée en impulsions électriques, avait perdu en velouté.

– Je… Nous avons eu des problèmes, expliqua Nick. Un accident.

Il tourna la tête en direction d'une porte de chambre, légèrement entrouverte. Par l'interstice, on pouvait voir un enfant allongé sur un lit, endormi.

– Quel genre d'accident ?

– Un enfant s'est blessé. Une fracture grave. J'ai fait ce que j'ai pu, c'est-à-dire, pas beaucoup. Je ne suis pas médecin. Je veille sur lui depuis, et je ne suis pas optimiste pour la suite.

Laura déglutit à l'autre bout du fil.

– Cela fait presque une semaine que nous nous sommes parlé. Ce n'est pas facile pour moi de savoir où vous êtes, Nick. Je ne peux pas sortir en plein jour.

– J'imagine bien, mais comprenez que ça m'ait un peu chamboulé, madame. Au fait... Le téléphone...

– Ah, oui. Eh bien, il fonctionne toujours en interne, vous savez. Il suffit de bricoler un peu le central.

– Dites... Comment saviez-vous dans quelle chambre de l'hôtel je me trouve ?

– Cela n'a pas été simple, et j'ai pris des risques. La fenêtre allumée, tout simplement. Je me suis doutée que c'était vous. Pour la chambre précise, j'ai un peu tâtonné.

– De toutes les manières, l'hôtel est vide. Il n'y a que moi. Les autres enfants se sont éparpillés dans des endroits qu'ils trouvent plus amusants. Y compris dans des manèges.

Nick attrapa une chaise et s'y assit en étendant les jambes. Il consulta l'horloge murale : près d'une heure du matin.

– Nick, reprit Laura, avez-vous pu regarder ce que je vous ai demandé ?

– Pas comme j'aurais voulu.

– Vous avez déjà un avis sur la question ?

– Je pense que les barques peuvent en effet être récupérées, oui. Cela va quand même demander pas mal d'efforts. Je devrais arriver à faire sauter les boulons qui arriment la coque au câble de traction, mais pas à mains nues. Il va falloir que je trouve des outils. Il y en a forcément quelque part, n'est-ce pas ?

– Bien sûr. Je vais vous dire où. Vous avez de quoi noter ?

Nick griffonna les quelques instructions que Laura lui indiquait, puis arracha la feuille du bloc et la rangea dans sa poche.

– Quand irez-vous chercher ces outils, Nick ?

– Je ne sais pas Laura. Quand je serai sûr que le petit Vittorio va mieux.

– Personne d'autre ne peut vous remplacer ?

– Pas grand-monde. Mon frère me fait un peu la tête, ne parlons pas de Nunzio. Et je ne tiens pas particulièrement à ce qu'ils mettent les pieds par ici.

– Ah ? Vous aussi, vous avez votre territoire, maintenant ?

Nick réfléchit.

– Je ne sais pas si on peut dire ça. Je voulais que le petit Vittorio soit à l'abri, c'est tout. Au départ, ce sont Nunzio et mon frère qui l'ont veillé. Mais ils sont tellement sûrs de leur fait qu'ils l'auraient relâché dans la nature sans aucune précaution. Il reste Chiara, évidemment.

– Alors, pourquoi vous ne lui demandez pas ?

– Je ne sais pas. Tout cela est dur. Je n'ai pas envie de lui infliger un tel fardeau.

– Vous sous-estimez peut-être les Italiennes, Nick ! En tous les cas, vous avez bien fait de rester près de lui. Maintenant... est-ce que je peux compter sur vous pour la suite ?

– Je peux essayer de voir ce que je peux faire, oui. Sans garantie aucune.

– Vous n'allez pas vouloir rester ici, vous aussi ?

– Non, bien sûr !

– Tant mieux. Ça me rassure. Je vais vous laisser dormir. Je tâcherai de vous contacter par le même moyen.

Il y eut un bref « clic » et Nick sut qu'elle avait raccroché. Il se leva de sa chaise, alla jusqu'à la petite chambre où dormait Vittorio, puis, rassuré, alla s'effondrer sur le divan.

*

– Bien dormi ?

Vittorio regarda Nick d'un air interdit et finit par sourire en hochant la tête.

– *Sì, molto bene.*

– *Molto bene*... Parfait, alors. C'est vrai que tu comprends un peu l'anglais.

– La nourriture. Surtout.

Nick s'interrogea un moment sur le sens de ces trois mots, et comprit que Vittorio maitrisait avant tout le vocabulaire de la restauration ; normal pour ce petit guide, qui jusqu'à présent ne vivait que pour les touristes, eux-mêmes ne vivant que pour manger.

– Ton petit-déjeuner est prêt, je vais t'apporter le plateau. *Breakfast*, ok ?

– *Sì, sì* ! s'agita Vittorio.

Nick revint quelques minutes plus tard avec un chariot de service garni à en déborder.

– J'ai bien compris que tu n'aimais pas le bacon et les saucisses de bon matin, mon ami. Mais ne t'inquiète pas pour ça, je vais leur faire un sort.

Vittorio n'avait pas compris un traitre mot de ce que Nick venait de lui dire, à l'exception de « bacon » et « saucisse ». Il se contenta de bouger la tête en frappant dans ses mains. Dès qu'il eut la bouche pleine, Nick en profita pour jeter un œil sur sa jambe. Il défit le bandage juste assez pour pouvoir regarder la plaie, encerclée par le métal, et réfréna une grimace en découvrant des plaques violacées tout autour de la fracture. Vittorio regardait ailleurs ; Nick en fut soulagé, et se força à sourire.

– Parfait, mon vieux. Profite bien de ton petit-déjeuner ! Dis-moi…

Vittorio lui jeta un regard interdit :

– Est-ce que Chiara peut prendre ma relève, aujourd'hui ?

Vittorio ne sut quoi répondre.

– Chiara… Ici. Avec toi.

Les gestes qui s'ajoutèrent à ces paroles fournirent assez d'indices à Vittorio pour qu'il puisse répondre :

– Chiara ! *Sì, sì* !

– Je vais aller la prévenir, alors. Tu peux rester seul un moment. Toi, *solo* ?

– *Sì*, Nick !

– Bon petit gars...

Nick se leva et quitta la chambre, puis l'hôtel. Dehors, le soleil faisait déjà chauffer les structures métalliques des attractions et le revêtement au sol, et Nick s'épongea le front à plusieurs reprises en maudissant les températures méditerranéennes. Il erra un moment dans le parc, croisant çà et là quelques enfants, mais ne vit nulle trace de Roger, Nunzio, et surtout de Chiara. Ce fut elle, comme souvent, qui trouva Nick, alors que de guerre lasse, il s'était décidé à se rendre directement à « la Balade de Gauvain », quitte à y écourter son passage pour revenir au plus vite vers Vittorio.

– Ciao, Nick, dit sèchement Chiara.

– Hello Chiara. Tu tombes bien.

– Ah ?

– Oui, je vais avoir besoin de toi. Enfin, si ça ne te dérange pas.

Elle haussa une épaule d'un air de dédain.

– Tu ne m'avais pas parlé depuis trois jours.

– Non, c'est vrai.

– Et maintenant, tu veux me demander un service ?

– Je suis désolé. Tu as raison, j'aurais au moins dû te dire que j'avais besoin d'être seul.

– Tu es désolé, hein ? Pas juste parce que tu veux ton service ?

– Oui, vraiment, Chiara. Je m'excuse.

Elle ne sourit pas, mais ses traits trahirent un relâchement dans son attitude – et une indéniable satisfaction.

– Bon. Excuses acceptées, alors. Qu'est-ce que je peux faire pour toi ?

– Eh bien, j'aimerais que tu prennes le relai pour veiller Vittorio. J'ai des choses à faire.

– Tu ne vas pas me dire quoi ?

– Si. Le moment venu. Promis.

– D'accord. Et... comment il va, Vittorio ?

Nick chercha ses mots :

– Que pouvais-je vraiment faire sans expérience, sans matériel ? Je crois qu'il y a une gangrène.

– Une gangrène ? C'est... grave ?

– Extrêmement. Vittorio n'a pas l'air de trop souffrir, c'est déjà ça. J'ai trouvé des antidouleurs dans l'infirmerie, alors je lui donne tout ce que je peux lui donner. Mais ce n'est que reculer pour mieux sauter. Au point où l'on en est, le mieux serait de l'amputer.

Nick considéra son environnement. À sa droite, il y avait un manège de chevaux de bois tout caparaçonnés ; devant lui, une sorte de toboggan compliqué aux couleurs bariolées. À sa gauche, une des nombreuses boutiques, la devanture remplie de sucreries fantaisie. Il songea que c'était le contexte le plus incongru pour parler de mutiler un enfant. Chiara répéta :

– Amputer ? Lui couper la jambe, c'est bien ça ? Tu sais faire ça ?

– Chiara, je l'ai dit cent fois : je ne suis *pas* médecin. J'étais parti pour l'être, ce qui fait une énorme différence. Je n'ai aucune idée de ce qu'il faudrait faire, et même si c'était le cas, je n'oserais pas.

– Nick, ça veut dire quoi ?

– Qu'on ne sauvera probablement pas Vittorio.

Elle blanchit, et vacilla un moment sur sa posture, si bien que Nick eut un geste pour la retenir. Elle l'écarta et dit :

– *Non è possibile...*

– J'ai fait ce que j'ai pu, mais... Bon sang, Chiara, je ne suis qu'un gamin paumé, moi aussi. Rien de plus. Pas un magicien. Et il faut bien que tu comprennes que tôt ou tard, il y aura d'autres incidents de ce genre. Si on travaillait tous à partir d'ici, au moins à joindre le continent, on pourrait peut-être éviter de nouvelles catastrophes.

Elle essuya la larme qui avait coulé d'un de ses yeux, puis répondit :

– Bien, Nick. Je vais aller le voir. Je suis sûre qu'il va aller mieux.

– Merci Chiara.

Nick laissa la jeune fille partir vers l'hôtel, et il reprit la direction de « la Balade de Gauvain », l'esprit un peu plus léger maintenant qu'il avait exprimé ses craintes à haute voix, mais le cœur toujours aussi plombé. À mi-chemin, il consulta les notes qu'il avait prises en dictée, et obliqua en direction de l'aile est du parc. C'était une zone qu'il avait explorée sans s'y attarder, et dont la plupart des bâtiments étaient verrouillés. De l'extérieur, ils lui avaient semblé de peu d'intérêt. Finalement, il avisa un bloc de béton carré, profond et large de deux mètres à peine, qui devait être, d'après les indications de Laura, la remise à outils. Elle lui parut bien ridicule de but en blanc. Un cadenas à combinaison la maintenait fermée ; il relut les notes, entra les bons chiffres et put ouvrir la porte. Il comprit alors qu'il s'agissait de l'entrée d'un souterrain, que l'on atteignait en descendant un long escalier bétonné. Il trouva sans mal l'interrupteur et s'enfonça sous le parc.

Une fois en bas des marches, Nick entra dans un autre monde. Des rayonnages en métal s'alignaient sur des dizaines de mètres, tous remplis d'accessoires, d'outils, de déguisements, et de bien d'autres objets non-identifiés. Nick venait de découvrir le parc sous le parc, là où les comédiens devaient venir s'équiper pour parader dans les rues, et où tous les ouvriers chargés de la maintenance du complexe rangeaient leur matériel. Il trouva une caisse à outils déjà bien remplie, prête à l'emploi, qu'il garnit avec d'autres clés, tournevis, qui trainaient sur les établis.

Tout à coup, Nick sentit monter en lui un malaise indicible, quelque chose qui lui serrait l'estomac et le faisait suer. Il s'éloigna, titubant, et chercha du regard la sortie. En chemin, il passa devant une armoire en métal dont la porte était demeurée grande ouverte. « *Sicurezza* », indiquait une plaque vernie sur le battant. À priori, l'armoire était vide. Au sol, tout près, gisait un pied de biche : Nick constata alors que la serrure avait été arrachée, et tout autour de son logement vide, le métal était bosselé. Toujours en proie à son incompréhensible angoisse, Nick remonta quatre à quatre les marches de l'escalier, et pour une fois, accueillit la lumière du soleil comme un remède. Il pressa le pas jusqu'à « la Balade de Gauvain », les outils bringuebalant dans sa caisse. Une fois à l'intérieur, il lui fallut un petit moment pour chasser entièrement sa confusion. Puis, il se mit en marche vers le ponton où stationnaient les barques.

– Voyons ça, fit-il entre ses dents.

Il ôta ses chaussures, retroussa son pantalon jusqu'au-dessus des genoux et passa une main sous la coque de la première barque. Ses doigts finirent par rencontrer le système d'attache ; à tâtons, il était bien compliqué d'en savoir plus. Il tourna en rond un instant puis, à haute voix, s'exclama :

– Une vidange ! Il doit forcément y avoir une vidange !

Il courut jusqu'au poste de contrôle, et contempla un moment les différentes étiquettes. La chance lui souriait : parmi celles qui étaient en anglais, il s'en trouvait une qui portait le mot « *drain* » – ou vidange. Il poussa un cri de victoire. Bientôt, un impressionnant grondement lui parvint. Il courut jusqu'au ponton et constata que le niveau de l'eau était en train de descendre. Il s'assit par terre, dos à un mur, et ferma les yeux en se laissant bercer par le bouillonnement de l'eau en fuite.

Il rouvrit les yeux près d'une heure plus tard, un peu honteux de s'être laissé attraper par le sommeil sans y prendre gare. L'eau n'avait pas entièrement disparu, mais son niveau était désormais assez bas pour qu'il puisse accéder à la fixation des barques. Armé d'une clé à molette, il démarra son travail de démontage avec minutie. C'était là une opération longue, parfois ardue à cause de certaines pièces rouillées ; il redoubla d'efforts, sans se décourager. Au troisième boulon retiré, il était déjà en nage. La tâche n'était pas terminée : il y en avait encore cinq autres à abattre.

Quand, enfin, la barque fut libérée de ses attaches, Nick regretta que l'eau soit désormais trop basse pour qu'il puisse s'y laisser glisser.

– Est-ce que tu peux prendre la mer, toi ? demanda-t-il en secouant le canot.

Il le tira hors du canal en soufflant bruyamment, et la déposa à sec. C'était une première étape : le plan de Laura prévoyait deux barques. Il décida de reprendre quelques forces avant de s'y remettre.

Il eut soudain la sensation d'une présence, toute proche.

– Laura ? appela-t-il.

– Laura... Qui est Laura ? fit une voix familière.

Il se retourna, et se trouva face à Nunzio, qui l'observait, les bras croisés, depuis un temps indéfini.

– Nunzio... Eh bien, bonjour.

– Bonjour, Nick.

Ils s'observèrent en silence, après quoi Nick demanda :

– Je peux t'aider à quelque chose ?

Nunzio secoua la tête.

– Nick... Je crois que tu as beau être intelligent, tu n'as toujours pas compris ce que c'est de n'avoir rien. De *n'être* rien.

– Qui a dit que tu n'étais rien ?

– Je crois que tu l'as pensé très fort, ricana le jeune Italien. Tu l'as même dit à ma mâchoire.

Il tapota le bas de son visage, où une marque bleue tardait à partir.

– J'ai agi sous le coup de la colère... et de la peur, Nunzio. Désolé pour ta bouche, tu finiras par oublier. Je maintiens ce que j'ai dit à propos de ton obstination imbécile.

– Et moi, je maintiens ça : je n'ai jamais rien eu d'autre que moi-même. Maintenant, j'ai tout ce qu'il y a autour de nous. Je ne veux pas que tu me le prennes.

Nick se gratta la tête.

– Il y a eu un malentendu entre nous depuis le début. Je n'ai pas envie de te prendre quoi que ce soit.

– Si, Nick. Toi, tu vois ce parc et tu te dis que c'est un cirque, que ce n'est pas un endroit pour vivre. Une grande blague, hein ? Et pourtant, c'est le seul endroit depuis que je suis né où personne ne me renvoie à ce que je suis. Ou plutôt, ce que je ne suis pas. Quand je n'aurai plus tout ça... je peux aussi bien mourir.

Nick secoua la tête.

– Tu as vu ce qui s'est passé avec Vittorio ? Tu as envie que ça se reproduise ? On ne va pas encore avoir cette discussion.

– Non, tu as dit ce que tu avais à dire. Je sais ce que tu es en train de faire. Enfin, je m'en doute. Pars, si tu veux. Mais si tu ramènes du monde, je me défendrai.

– Tu ne peux imposer ça aux autres.

– Ceux qui veulent partir partiront. Tu sais quoi ? Je crois que personne ne le voudra vraiment. Aucun de ceux que je connaissais avant.

Sa lèvre inférieure se contracta, et il ajouta :

– Et je pense que ton frère restera aussi.

Nick se raidit, ce que Nunzio remarqua immédiatement :

– Tu vas encore me frapper ? En plus, je ne suis même pas armé, regarde. À ta merci !

– Nunzio, je connais mon frère mieux que personne. Il me suivra.

– Oh, vraiment ? Non, tu *crois* le connaitre. Nous sommes très proches, lui et moi. Juste pas nés au même endroit. Il t'admire et il t'aime, oui... Ça ne suffira plus.

Nick haussa les épaules.

– On verra bien qui a raison.

– Oui, on verra bien, et on le verra vite. Je te donne deux jours.

– Pardon ?

– Je te donne deux jours pour finir ce que tu manigances. Après, soit tu es parti, soit il faudra obéir à *mes* règles, comme je l'avais annoncé à ton arrivée. Ne plus chercher à rejoindre l'extérieur, ou à essayer de le faire venir.

– Sinon ?

– Sinon ? Ce sera la guerre, pour de bon.

Nick chercha à lire le regard de Nunzio ; il pensait y trouver de la colère, peut-être de la peur, mais le vide qu'il y trouva à la place était plus terrifiant encore.

*

– Vous voyez la mer, de là où vous êtes ?

– Non, à peine, répondit Laura. Je la devine, plutôt.

– C'est dommage.

Nick avait installé un fauteuil plus confortable que la chaise de la veille près du téléphone. Il avait guetté l'appel de sa correspondante invisible pendant deux heures, le corps encore endolori par les travaux de la journée.

– Vous habitiez près de la mer, Nick ?

– Non. Mais mes parents avaient une propriété à la pointe ouest de l'Angleterre, où nous allions souvent. J'aimais bien me dire qu'en regardant tout droit, on tombait sur les États-Unis. Enfin… à peu près.

– Oui… Vous avez tous une âme de marins, dans votre pays, n'est-ce pas ?

– C'est ce qu'on dit. Roger et moi avons évidemment des aïeux dans la navy.

À l'autre bout du fil, Laura chercha ses mots.

– Roger… votre frère. Je l'ai vu agir à quelques reprises. Il ne va pas nous causer de problèmes, n'est-ce pas ?

– Je vous avoue que je ne sais plus quoi penser. J'ai du mal à le reconnaitre depuis que nous sommes ici.

– J'imagine que vous voulez l'emmener avec vous… S'il refuse, que ferez-vous ?

– Il ne refusera pas, j'en suis sûr.

– Vraiment ?

– Je le convaincrai.

– J'espère, Nick, j'espère.

Nick l'entendit déglutir à l'autre bout du fil.

– Nous avons quarante-huit heures devant nous, c'est bien cela ? Je vais vous aider comme je peux pour installer les voiles, Nick. Mais le travail de force sera pour vous, je le crains.

– C'est d'accord.

– Bonne nuit, Nick. Je vous laisserai mes instructions près des barques. J'irai les déposer quand je serai sûre de ne croiser personne.

– Parfait. Bonne nuit, Laura.

Il reposa le combiné et laissa son esprit divaguer un instant, se demandant quel âge pouvait bien avoir cette fameuse Laura, à quoi elle ressemblait, où elle se trouvait exactement en cet instant précis.

Après quoi, il alla s'assurer que Vittorio, dans la pièce à côté, dormait bien. Il avait passé une bonne journée avec Chiara, sans être trop gêné par la douleur. Nick ignorait s'il s'agissait d'une bonne ou d'une mauvaise nouvelle.

Il alla se coucher et s'endormit presque immédiatement.

Ce fut vers trois heures du matin qu'il se réveilla en sursaut, agrippant ses draps au point de les déchirer. En rêve, tout à coup, lui était apparue la raison de son malaise dans l'entrepôt souterrain. Et cette raison se résumait à un objet, plutôt banal, et un peu plus banal encore dans le contexte de cet atelier.

C'était une hache, scintillante, accrochée à un établi mural, qu'il avait aperçue sans y prêter consciemment attention.

Et cette hache était probablement le seul moyen de sauver la vie de Vittorio.

Nick eut à peine le temps d'atteindre les toilettes pour y vomir...

XI

Le récit de Nick

Il importe que je note tout ce qui vient de se passer avant que ma mémoire ne me fasse défaut. Si tout se termine bien, ces quelques pages resteront dans la poche de ma veste pendant des années, et je les contemplerai comme une espèce de talisman pour le restant de mes jours. Si les choses tournent mal, ma foi, peut-être que quelqu'un finira par mettre la main dessus. Ce ne sera que ma version des faits, mais elle a le mérite d'exister, après tout.

Je ne sais trop comment résumer ces deux derniers jours. Je devrais sans doute commencer par le plan d'évasion. Après avoir récupéré les deux barques, j'ai attendu que Laura me transmette les instructions pour leur transformation. Je dois dire que j'ai été impressionné par leur précision. L'idée était de faire de l'une des barques un petit bateau à voile. Pas de quoi traverser l'Atlantique ! Avec un vent favorable et une mer clémente, il devait être possible de rallier la côte sans que cela ne devienne une nouvelle odyssée.

Restait un souci : je n'étais pas à proprement parler charpentier. Les modifications nécessitaient de s'y connaitre un minimum en maniement d'outils. Laura devait être une excellente bricoleuse, doublée d'une navigatrice plutôt calée.

Ayant déjà été confronté à Nunzio, je n'avais pas à être spécialement discret. Nous étions dans la limite de ces deux jours de trêve. En revanche, je n'avais pas envie de trop attirer l'attention sur moi. Chacune des barques pouvait accueillir trois personnes et naturellement, la seconde était réservée à Laura seule, que nous risquions de contaminer. À minima Roger et moi étions porteurs de cette maladie, et pouvions tuer Laura rien qu'en nous tenant trop près d'elle. Chiara allait-elle accepter de venir ? Je savais qu'en lui posant la question trop tôt, je risquais de m'attirer des ennuis avec Nunzio. J'ai donc décidé de limiter mes interactions au minimum avec les autres.

Roger était introuvable depuis quelques temps. Je savais pertinemment qu'il m'évitait, ce qui n'était pas une première dans nos relations. Mais cette fois, il avait plus de place que jamais pour faire sa vie sans croiser la mienne. Restait Vittorio. Je n'avais plus le temps de veiller sur lui et c'est donc Chiara et Nunzio qui en avaient récupéré la garde. Chiara l'avait installé dans ses « quartiers », une espèce d'attraction enchantée de la fée Morgane. Il m'a fallu du temps pour comprendre pourquoi tous les enfants ont préféré s'installer dans le parc plutôt que dans l'hôtel, où chaque chambre dispose de sa propre salle de bain, de sanitaires... Je raisonne presque comme un adulte, pas comme un gamin grisé de pouvoir prendre possession de palais entiers, même s'ils sont en toc. Toujours est-il que j'ai beaucoup culpabilisé de savoir Vittorio sur un matelas posé sur le sol plutôt que dans un vrai lit. Hier matin, sa jambe avait encore plus mauvaise allure que la veille.

Je me suis ensuite lancé sans plus attendre dans ma grande opération de métamorphose des barques. Il fallait pour cela rassembler divers matériaux dans le parc. Là encore, Laura m'avait mâché le travail : elle savait exactement où je pouvais trouver chaque élément. Sa connaissance d'Avalon Park était précieuse. Le mât a été le plus facile à trouver : une hampe de drapeau qui avait le bon gout d'être seulement enfilée dans un logement en béton – que je n'ai eu aucun mal à emporter avec moi. La voile, l'unique voile, a été taillée à partir d'une immense tenture qui décorait l'un des restaurants. Une reproduction de tapisserie inspirée de la célèbre *Dame à la licorne*.

Pourquoi pas. Pour le reste, j'ai dû m'attaquer à différents meubles et accessoires du parc, des bancs en particulier.

Une fois tout le matériel rassemblé, j'ai emporté le tout dans l'entrepôt souterrain. Cela n'a d'ailleurs pas été simple d'y faire descendre les barques.

Ce n'était bien sûr que la première partie, et la plus simple, de toute mon affaire. Sans avoir sous la main un manuel du parfait petit menuisier, je me suis débrouillé comme j'ai pu, en choisissant les outils qui me semblaient appropriés à chaque tâche. J'ai tâtonné, je me suis un peu blessé, j'ai raté deux ou trois choses, j'en ai réussi la plupart. J'ai beaucoup improvisé, tout en gardant en tête que cette embarcation n'aurait qu'à effectuer un voyage, et encore, un voyage relativement court. Elle pouvait bien tomber en ruine après.

Le plus difficile aura été, contrairement à ce que je pensais, de bâtir un semblant de gouvernail. Monter le mât n'a en revanche pas été le plus compliqué : une planche dans la longueur de la barque, un trou au milieu, et une tonne de clous. Trop ? Deux précautions valent mieux qu'une. Au bout du compte, tout semblait en ordre.

Des voiles, j'en ai vu plus qu'à mon tour tout au long de ma vie, mais jamais je ne m'étais sérieusement posé la question de leur forme. Laura avait opté pour une voile en carré, probablement pour me donner moins de mal dans la découpe. La tapisserie était moins lourde qu'elle n'en avait l'air, et offrait potentiellement une bonne prise au vent. Laura avait décidément pensé à tout.

Durant cette journée de travail, je n'ai pas vu le temps passer. Quand je suis sorti de l'atelier, épuisé comme si j'avais couru un marathon, le soleil amorçait déjà sa descente. J'étais dans les temps : notre moyen d'évasion était prêt, bien que de bric et de broc, et il ne restait plus qu'à le tirer jusqu'à la plage. Roger aurait pu m'aider, mais je n'avais aucun espoir de tomber sur lui par hasard. Il allait falloir que je le cherche. Je me suis évidemment beaucoup demandé à quoi il avait pu occuper son temps depuis notre brouille. Les voies de mon petit frère sont impénétrables !

J'ai réalisé, avec une certaine honte, que je n'avais pratiquement pas pensé à Vittorio de toute la journée. J'aurais dû aller le voir, prendre de ses nouvelles, demander à Chiara si la fièvre était tombée, la remercier pour son aide... Et non : harassé, je suis rentré dans ma chambre, remettant mon devoir au lendemain.

Hier matin, je me suis réveillé avec les premiers rayons du soleil, sans me faire prier. Je ressentais l'excitation des jours de grands événements. En fait, je n'avais pas encore osé formuler mentalement cette idée toute simple : c'était le jour, si tout se passait bien, où j'allais enfin quitter cette ile et retrouver le vrai monde. Un passage rapide par mon observatoire au sommet de l'hôtel m'a vite convaincu que le « vrai monde » avait changé. Je ne voyais toujours aucun signe d'activité sur la côte. Cela ne signifiait pas que la vie n'avait pas repris ailleurs, dans les plus grandes villes. Une fois à terre, il allait me falloir redoubler d'effort : joindre le consulat, retrouver la trace de mes parents... Là encore, Roger pouvait m'être d'une grande aide. Et le jour était venu de remettre la main sur lui.

Après une douche rapide, j'ai rassemblé dans un sac ce qui me semblait nécessaire à notre future traversée : quelques vivres, une boussole dont le fonctionnement me paraissait cependant un peu incertain, un couteau fantaisie récupéré quelques jours plus tôt dans une boutique, et du cordage embarqué à l'atelier. Sans oublier des pansements, de l'alcool. À priori, la traversée allait durer quelques heures, et même moins qu'une avec des conditions favorables. Plus d'une fois, je m'étais demandé si j'aurais été capable de nager jusqu'à la côte ; réflexion faite, la distance était beaucoup trop importante. La mer avait beau être plus accueillante que la Manche, je risquais de mourir d'épuisement avant d'arriver au bout. Notre radeau de la Méduse avait intérêt à tenir le coup.

Je me suis décidé à aller voir Vittorio. Je pensais m'être préparé au pire, mais j'étais loin du compte. En arrivant dans l'antre de Chiara, j'ai trouvé celle-ci blafarde, les yeux rougis. Elle n'a pas eu besoin de me dire quoi que ce soit : j'ai compris que l'état du gamin s'était détérioré, comme je l'avais prédit. À son chevet se trouvait Nunzio, qui lui murmurait des paroles en italien. Quand je suis arrivé, il m'a à peine jeté un regard. Quant à Vittorio, je n'ai pas eu l'impression qu'il se rendait compte de ma présence. J'ai tâté son front : il était plus brulant qu'une poêle à frire. Quant à sa jambe blessée, son aspect m'a provoqué des haut-le-cœur. La gangrène était en train de progresser, rapidement, et je ne donnais pas cher de ce pauvre gosse sans intervention d'un véritable médecin. C'est alors que Nunzio m'a dit :

– Est-ce que tu sais ce qu'il faut faire ?

– Oui, ai-je répondu. À ce stade, il n'y a plus qu'une solution. L'amputer jusque sous le genou, avant qu'il ne soit trop tard.

– Comment on fait ça ?

– On doit scier. Ou trancher d'un seul coup.

– Comme avec du bois ?

– Oui.

Nunzio a paru pensif, un peu apeuré aussi.

– Et tu sais le faire ?

– Pour la millième fois, non : je ne suis pas médecin. Tout ça, c'est de la théorie, pour moi.

– Tu pourrais essayer ?

– Je n'ai pas de scie chirurgicale. Il y aurait bien une autre solution, mais je ne saurais pas où couper précisément et surtout, quoi faire après. Il faudrait désinfecter et...

– Avec le feu, ça ne marche pas ?

– Cautériser, tu veux dire ? Nunzio, on n'est pas dans un récit de pirates, là. On va le tuer.

– Et si on ne fait rien ?

Je n'ai rien su répondre, et Nunzio s'en est donc chargé :

– Si on ne fait rien, il meurt quand même, hein ? Alors il faut essayer. C'est un ordre.

– Tu n'as pas d'ordre à me donner, en tous les cas, pas pour le moment.

Je l'ai vu prendre sur lui, rassembler toute l'humilité dont il lui semblait opportun de faire preuve :

– Alors, je ne te l'ordonne pas : je t'en supplie. Il est comme mon petit frère.

– Et si ça se passe mal ?

– Je serai responsable, pas toi. Est-ce que ça soulage ta conscience ?

– Je ne sais pas, ai-je dit. Laisse-moi réfléchir.

J'ai tourné les talons pour sortir : j'avais trop besoin de prendre l'air. Et cet air, je le rêvais frais, revigorant… en échange, je n'ai eu qu'une de ces effluves de fournaise, comme si je mettais la tête dans un four.

Chiara attendait dehors ; je suis allé vers elle et sans vraiment y réfléchir, j'ai dit :

– Je vais essayer de partir, aujourd'hui.

Elle m'a jeté un regard triste et résigné.

– Je me doute. Tu avais l'air très pris, depuis quelques temps.

– Oui. Est-ce que tu voudras venir avec moi ?

Elle est restée songeuse.

– Pourquoi tu me demandes ?

– Parce que je ne pense pas que la vie ici te plaise complètement. Je me trompe ?

– Elle me va, pour le moment.

– Pour le moment, oui. Mais après ?

– Après, je ne sais pas. J'ai peut-être envie d'attendre de ne plus avoir le choix. Quand une décision est trop difficile à prendre, parfois, c'est bien de laisser le destin décider à notre place, hein ?

J'ai essayé d'insister :

– Il n'y a aucune chance que je puisse te convaincre ?

– Pas me « convaincre », non. Je peux changer d'avis toute seule. Cela va se passer quand ?

– À priori, en fin de journée. Avant la tombée de la nuit.

– Et où ça ?

– Le plus simple sera de partir de la plage, à l'arrière de l'ile, et de la contourner.

– Alors, je saurai où te trouver.

– Chiara… tu n'as pas vu Roger ?

– Pas depuis quelques temps, non.

– Je veux absolument qu'il vienne avec moi.

– Je me doute, mais je crois que ton frère fera ce qu'il veut.

– Il faudrait déjà qu'il soit au courant. Quelle tête de mule.

– Je lui dirai tout si je le vois.

– Merci Chiara.

Nous avions trop évité le sujet, et je n'avais plus d'autre choix que d'en informer Chiara :

– Chiara, Nunzio veut que j'opère Vittorio. Enfin, que j'opère… Je ne sais même pas si c'est le mot.

– Je sais. Tu as accepté ?

– Je n'ai pas vraiment refusé.

D'un ton affligé, elle m'a dit :

– Je sais que tu feras ce qu'il faut.

– Je te remercie. J'aimerais être aussi sûr de moi.

Je suis reparti en direction de l'atelier. Le moment était venu de trainer les barques jusqu'à la rive. J'ai fini par trouver une espèce de chariot plat servant à la manutention, et j'y ai installé la barque principale, sur le flanc, dans le hangar. Le mât déséquilibrait complètement l'ensemble, et en trainant le chariot le long de la côte, à la sortie du hangar, j'ai manqué faire basculer la barque à plusieurs reprises. Je craignais vraiment que dans cette position, le mât ne s'arrache. Je n'avais pas lésiné sur les clous mais, je suppose, il s'agit moins de leur nombre que de la manière dont ils sont plantés.

Je suis quand même parvenu à mon but, et je suis reparti un peu plus sereinement. En route, je suis passé devant les autotamponneuses, où cinq des pensionnaires de l'ile se rentraient joyeusement les uns dans les autres. En me voyant passer, ils sont tous sortis de leur voiture – il y avait trois petits gars et deux fillettes – et se sont mis à me demander où j'allais comme ça. Du moins, c'est ce que j'ai compris : j'ai indiqué la plage d'un vague geste, et ça a eu l'air de beaucoup les amuser. Alors, je leur ai montré comment ils pouvaient m'aider, en empêchant la barque d'être trop secouée. Ils se sont répartis de chaque côté, et avec cette petite escorte, je me suis remis en chemin. Une fois arrivés sur la plage, ils m'ont posé des questions. Je n'ai pas tout compris, si ce n'est qu'en bref, ils me demandaient si j'allais partir. J'ai dit que oui. Je les ai alors sentis très tristes. Ils n'ont pas pleuré, mais l'idée leur faisait de la peine. Je n'avais pas l'impression d'avoir été un très bon compagnon de jeux, plus affairé à m'évader de cette prison dorée qu'à me joindre à des réjouissances qui n'étaient plus de mon âge. Je les ai observés sans rien dire. Qu'est-ce qui nous séparait ? Cinq, six années ? Un véritable monde qui, dans dix ans, n'allait plus être qu'une peccadille. Vivre avec Roger, un enfant qui a quasiment toujours pensé comme s'il avait dix ans de plus, ne m'a jamais incité à me poser ces questions.

Je me suis agenouillé devant eux, je les ai remerciés, ces êtres miniatures dont je mélangeais encore les prénoms en « o » et en « a », et je leur ai dit que oui, j'allais partir, mais que je reviendrai les chercher. Ils n'ont probablement pas bien compris ; de toutes les manières, en un rien de temps, ils étaient déjà passés à autre chose.

Je suis reparti en trainant le chariot vide. Faire de même avec la deuxième barque allait être bien moins problématique puisqu'elle n'avait pas de mât. Je m'y suis employé immédiatement, afin d'être débarrassé de ce poids.

Ensuite, je me suis assis sur un banc, la tête entre les mains. Ah, quelle figure romantique je devais faire ! Je me demandais comment allait se passer la rencontre avec Laura, en chair et en os, après ces jours à jouer à cache-cache ; si Roger allait enfin se montrer et accepter de venir sans que j'aie à l'assommer (c'était mon intention en cas de refus de sa part) ; si j'allais avoir le courage de refuser ce que Nunzio m'avait supplié de faire. Peu à peu, ces pensées se sont mises à m'assaillir si violemment, à faire naitre des sensations si désagréables en moi, que j'ai eu besoin de m'activer. Sans même m'en rendre compte, j'ai emprunté le chemin des montagnes russes.

Je me suis assis seul dans l'un des chariots, après avoir actionné le départ automatique dans la cabine de contrôle, et j'ai attendu que l'attraction démarre. Oh, quel bonheur : voilà que j'étais projeté à toute vitesse à travers un dédale de rails plongeants. Ce que l'absence de contrôle peut être réconfortante ! J'ai senti mon estomac se soulever, faire des tours au creux de mon ventre, mon cœur battre plus fort. Lors de la descente la plus violente, comme n'importe quel visiteur du parc, je suppose, j'ai commencé à hurler. J'aurais dû hurler depuis longtemps, d'ailleurs, mais j'attendais sans doute de trouver un bon prétexte.

Je suis descendu du manège avec la tête qui tourne, les jambes flageolantes, mon esprit pareil à un tableau noir que l'on viendrait d'effacer. Mes jambes me portaient du côté de chez Chiara, sans que je leur aie demandé quoi que ce soit. Aussi, quand je me suis retrouvé face à Nunzio, qui veillait sur

Vittorio avec l'attention d'un grand frère, et même d'un père, j'ai dit sans réfléchir :

– Nous allons le faire.

– Quand ?

– Maintenant. Porte-le jusqu'à l'infirmerie, je vais réunir ce qu'il faut.

Quelle ironie : le chariot qui avait servi à organiser ma fuite devenait un brancard pour Vittorio. J'ai couru jusqu'à l'atelier, les tempes bourdonnantes, la tête prête à éclater. J'y ai pris la hache qui me narguait depuis quelques jours. Je savais que faute d'anesthésiant, le seul moyen de limiter la douleur allait être de trancher au plus vite, si possible d'un coup. Après ? J'étais incapable de ligaturer des artères, par manque de connaissances. Il fallait donc revenir à la plus vieille méthode au monde pour éviter que Vittorio ne se vide de son sang : cautériser, cette éventualité que j'avais moi-même écartée un jour plus tôt. Il y avait là un chalumeau à gaz qui était, à mon sens, la seule solution possible. Quelle souffrance s'annonçait pour ce pauvre garçon ! Petit à petit, je me dégrisais, réalisant tout le monstrueux de la situation. J'ai embarqué le tout dans un grand sac, et j'ai rejoint l'infirmerie, où Chiara et Nunzio m'attendaient déjà. Vittorio, bouillant de fièvre, dormait à moitié sur la table d'examen.

– Pas de Roger ? ai-je demandé.

– Il te trouvera le moment venu, m'a répondu Nunzio.

J'ai étalé mes « instruments » hors de la vue de Vittorio, pour ne pas ajouter la frayeur à la douleur à venir. J'ai vu Chiara verdir, et Nunzio lutter pour garder une contenance. Comme je les comprenais ! Je n'étais pas plus flamboyant.

J'ai placé un chiffon tressé entre les dents de Vittorio, espérant que la fièvre masquerait un peu la torture qui s'annonçait. Sa jambe était-elle encore sensible ?

Je me suis placé du côté où il ne regardait pas – en tous les cas, où ses yeux étaient tournés. J'ai pris la hache et l'ai soulevée à mon épaule, muscles tendus. J'avais déjà coupé des bûches dans notre propriété du bord de mer : je savais donc que j'avais la force nécessaire pour y parvenir. Mais une bûche ne se convulse pas en hurlant. Une bûche ne se vide pas de son sang. Une bûche n'est pas un petit garçon au visage d'ange que l'on s'apprête à mutiler à vie.

Le son du métal sur le carrelage de l'infirmerie a tinté comme un gong de fin de match, me ramenant brusquement à la réalité.

J'avais laissé tomber la hache à mes pieds. Le coup n'était jamais parti. Je ne sais pas si le courage m'avait fui, ou si j'avais été rattrapé par l'absurdité de la situation. Une chose était certaine : je n'allais pas être capable de le faire. J'ai regardé Nunzio et Chiara : je n'ai vu aucun reproche dans leur regard, seulement une peine immense.

– Je suis désolé. Vraiment désolé, ai-je dit piteusement.

Ils n'ont pas répondu.

Je me suis dirigé vers la sortie, et au moment où j'ai dépassé Chiara, elle m'a dit :

– Je vais rester pour Vittorio. Il va peut-être aller mieux.

Je savais, bien sûr, qu'elle n'en pensait pas un mot.

J'ai quitté l'infirmerie, plus convaincu que jamais d'être un lâche et un déserteur.

En fin de journée, sur la plage, j'ai longtemps attendu Roger. Je savais qu'il finirait par venir. Je l'ai vu s'approcher de loin, dans le soleil déjà un peu déclinant.

– Bonsoir, *old chap*, m'a-t-il dit comme si de rien n'était.

– Bonsoir Roger.

– Le grand départ est venu, alors ?

– Oui. Tu ne vas pas venir, c'est ça ?

– Non, Nick. Tu sais très bien qu'il ne peut pas en être autrement. J'espère que tu comprends pourquoi ?

– Je ne sais pas. Pendant ces derniers jours, j'ai essayé, justement. De me mettre à ta place.

– Et ?

– C'est trop dur. On ne pense tellement pas de la même manière…

– Ce n'est pas grave. Qu'est-ce que… tu comptes faire ?

Tout fier qu'il était, je sentais qu'il avait peur de ma réaction. Peur que je l'étende d'un crochet du gauche et le couche de force dans la barque.

– Rien, Roger.

– Rien ? Tu ne vas pas m'obliger à quoi que ce soit ?

– Non. Je ne veux rien faire que tu me reprocherais plus tard.

– Que *je* te reprocherais, ou que *tu* te reprocherais ? Peu importe, ce n'est pas très fairplay de ma part. Bref. Je suis venu te dire au revoir, grand frère. On se reverra peut-être. Peut-être bientôt. Peut-être jamais.

– Tu sais que si j'arrive jusqu'à la côte, je reviendrai te chercher.

– Bien entendu. Je te connais. Et je me tiendrai prêt. Sois prudent, Nick.

Il s'éloigna sans me serrer la main, pour disparaitre derrière un rocher en contrefort.

Entretemps, quelqu'un s'était approché. Une silhouette de femme, le visage caché derrière un foulard, qui ne laissait paraitre que ses yeux, d'un violet qui me parut être la chose la plus belle au monde.

– Laura ? ai-je demandé.

– Oui, c'est moi, Nick.

Elle portait une tenue austère et à la main, tenait un modeste baluchon qui ne devait pas contenir grand-chose.

– Vous portez bel et bien la marque, a-t-elle remarqué.

– Oui. Je vous l'avais dit, Laura.

– C'est vrai, Nick. Mais la voir… Vous comprenez, j'ai évité les enfants pendant tout ce temps. Vous pourriez me tuer rien qu'en éternuant. J'ai… j'ai peur.

Elle a tourné la tête vers les barques.

– Quel travail magnifique, Nick, vous êtes un champion.

– Vos plans étaient parfaits.

– Merci. La navigation est un hobby pour moi et mon mari.

– Votre mari…

– Il est à terre. Enfin j'espère. L'horizon semble toujours aussi… mort.

Elle a regardé le soleil, avant d'ajouter :

– Il faut qu'on y aille. Je ne tiens pas à naviguer de nuit. Il n'y a pas beaucoup de vent, il faut faire attention.

– Bien.

J'ai traîné les barques à la mer. J'avais pris soin de les relier par une corde – un boute, comme disent les marins. Après avoir vérifié qu'elles ne prenaient pas l'eau, je me suis retourné pour voir si j'apercevais Roger quelque part. Il était invisible. J'ai alors ressenti un malaise que je serais bien en peine d'expliquer ; une impression d'inachèvement qui me vidait de tout enthousiasme, de toute énergie. Je n'arrivais plus à penser clairement, encore moins à me projeter ne serait-ce que cinq minutes plus tard. Et puis, j'ai su. Et savoir m'a à la fois libéré et abattu.

– Je suis désolée que vous laissiez votre frère, a fini par me dire Laura.

– Ne le soyez pas. Je ne le laisse pas. J'ai lu de la détresse dans ses yeux.

– Pardon ?

– Je vais rester, Laura. Je ne peux pas partir sans lui.

Elle porta une main à son front.

– Nick… Vous m'aviez dit que cela ne poserait pas de problème, rappelez-vous !

– Je sais bien. Il faut croire que je suis plus faible que je ne le pensais.

– Ce n'est pas de la faiblesse, Nick. Vous êtes trop jeune pour tout ça. Je ne peux vous en vouloir après tout ce que vous avez fait. Tout de même… Quel gâchis…

– Mais non. Vous allez regagner la côte et envoyer des secours.

– Oui, oui, évidemment. Merci pour tout, Nick. Sincèrement. Ah, je vous embrasserais, si je ne risquais pas d'en mourir.

– Vous le ferez quand on se reverra. Quand je ne serai plus « malade ».

– Oui. C'est promis. Au revoir et bon vent.

– Nick, au sujet de la radio, dans le château… Je pense que des lampes ont brulé, tout simplement. Cherchez bien, vous en trouverez dans l'entrepôt. J'en suis certaine. Ciao, Nick.

Je me suis écarté, et elle a défait la corde qui reliait les deux barques, avant de pousser la première un peu plus loin dans l'eau, puis de s'y installer. Elle a sorti les deux planches dont j'avais tenté de faire des rames, et après quelques hésitations, elle s'en est allée. La tapisserie, ou plutôt, la voile, n'était pas totalement gonflée, mais la barque a pris le chemin de la côte. Je l'ai regardée s'éloigner aussi longtemps qu'elle est restée visible. Il m'est alors revenu en tête un poème que j'avais lu dans mes plus jeunes années :

« […] Et à la fin du jour
Elle détacha la chaîne et s'allongea ;
Le fort courant l'emporta au loin,
La Dame de Shalott. »

Je cherchais encore à me rappeler les autres strophes quand j'ai réalisé que Roger était à nouveau là, assis sur un rocher.

– Je pensais que tu allais me pousser à partir, ai-je dit. M'insulter, même pour que je m'en aille.

– Tu ne m'as pas obligé à te suivre. On est quittes.

Il s'est levé et m'a dit :

– Je sais ce qui s'est passé aujourd'hui, avec Vittorio. Ne t'en veux pas. Tu as fait le bon choix.

Il a hésité avant d'ajouter :

– Pour ce qui est de ce qui vient de se passer sur cette plage… je ne crois pas.

Il s'en est allé sans que j'aie le courage de lui demander s'il sous-entendait que j'aurais dû partir sans lui… ou le forcer à venir avec moi.

XII

Dérisoires tournois

Vittorio mourut le lendemain de la tentative de fuite avortée de Nick. Au petit matin, sans un cri ni même un mot. Quand Nick l'apprit, il rentra dans une prostration qui devait durer plusieurs jours, durant lesquels il ne mit pas le nez hors de sa chambre – ou alors, juste le temps de se ravitailler dans les cuisines de l'hôtel. Chiara chercha à lui parler, par trois fois. À chacune d'entre elle, il l'éconduisit le plus poliment qu'il put. Il n'y eut pas de quatrième tentative.

Ce n'était pas seulement la culpabilité qui étouffait Nick ; plutôt la rage, dirigée contre le destin plutôt qu'une personne en particulier. La rage d'avoir été placé devant un choix impossible. Entre tuer par son inaction ou tuer par son action, comment ne pas perdre la raison ? Les épaules de Nick étaient assez larges pour en faire un bon rugbyman ; pour supporter un tel dilemme et ses conséquences, elles n'étaient pas moins étroites que celles de n'importe quel adolescent de seize ans.

Un matin, en contemplant son reflet dans le miroir, Nick jugea qu'il était temps pour lui de rebondir, de se reprendre en main, et de cesser de se ronger. Le ciel, pour une fois, affichait une teinte ardoise orageuse. Pour Nick, ce retour possible des intempéries avait l'apparence d'un présage. Lui qui venait de la pluie devait y retourner plutôt que de se morfondre pour une faute qu'il avait été acculé à commettre.

Avant toute chose, il s'empara de son journal et commença à y écrire ces mots :

Il importe que je note tout ce qui vient de se passer avant que ma mémoire ne me fasse défaut.

Il hésita un moment avant de noter la date, et s'autorisa un petit arrangement avec la réalité en préférant celle de la mort de Vittorio, plutôt que celle du jour. Ces longues journées de dépression n'auraient jamais dû exister, et Nick choisit, ainsi, de les effacer de sa propre histoire.

Vittorio avait été enterré en-dehors du parc, dans la partie boisée de l'ile. Les autres enfants avaient décroché l'immense croix qui ornait une chapelle factice, près du château, et l'avaient plantée dans le sol. Quand il découvrit cet étrange mausolée, à la faveur de sa première vraie promenade depuis près d'une semaine, Nick ne put s'empêcher de se demander dans quoi avait été enfermé le corps de Vittorio – si tant était que Nunzio se fût encombré de semblables détails. Alors qu'il s'éloignait, le jeune homme remarqua que la terre paraissait avoir été remuée à d'autres endroits dans cette zone. Il s'en approcha, foula la terre de la pointe du pied, puis s'accroupit et en fit de même du bout des doigts. On avait enterré quelque chose ici, c'était évident. Nick éprouvait le besoin d'avoir la preuve, formelle, tangible, de ce que son subconscient avait d'ores et déjà bien compris. Alors, à quatre pattes, armé d'une branche, il se mit à gratter le sol. Il n'eut pas à s'agiter longtemps : bientôt, un morceau d'étoffe se détacha au milieu de la terre fraîche. Il gratta encore, et l'étoffe eut bientôt un propriétaire. Un bras, dont la main qui le terminait présentait déjà les signes de la putréfaction. Nick tomba en arrière, horrifié, et ne put se relever qu'à sa troisième tentative. Il marchait sur un cimetière improvisé – un charnier, en réalité. Le jeune homme se maudit de n'y avoir songé plus tôt : l'évacuation de l'ile n'avait pu se faire sans victimes – de la maladie, bien sûr, de la panique, ou d'autre chose. Depuis qu'il avait débarqué à

Avalon Park, il ne s'était étonné à aucun moment de pas être tombé sur un cadavre alors qu'en toute logique, il aurait dû s'en trouver un nombre important. Ainsi, ils étaient là, tous ces innocents cueillis par la catastrophe invisible ! Sous ses pieds, dans ce cimetière qui ne disait pas son nom, que l'on préférait taire. Pourtant, ce n'était pas la proximité de tous ces corps qui secouait à ce point le corps de Nick, l'agitait de spasmes. Ce lieu l'emplissait de dégout ; pour ce qu'il abritait, mais avant tout, parce qu'il devait avoir été creusé par les enfants. Et aucun enfant ne devrait être, pensait-il, un fossoyeur. Bientôt, Nick s'enfuit en courant. De toutes ses forces, à s'en faire éclater la poitrine. Il finit sa course sous un arbre, recroquevillé avec l'envie de pleurer et les yeux secs.

Une heure plus tard, peut-être, encore secoué par sa découverte, Nick débarqua en plein Avalon Park avec une tenue aussi froissée que son visage, les cheveux en désordre, anxieux de savoir à quoi ressembleraient les premiers regards qui se poseraient sur lui. À sa grande surprise, ils se révélèrent neutres dans le pire des cas, au mieux parfaitement amicaux. Sheila, Declan, Marco, Virginia… aucun d'entre eux ne semblait lui reprocher quoi que ce soit, peut-être par ignorance ou aussi, qui sait, parce qu'ils étaient déjà passés, une fois encore, à tout autre chose. Nick redoutait davantage Chiara, qu'il trouva occupée à lancer son couteau dans une porte en bois. Il assista à trois tentatives ratées, à l'issue desquelles le manche heurta sa cible avant la pointe de la lame, avant de se manifester.

– Oh. Ciao, Nick, fit Chiara d'un ton trop détaché pour être authentique.

Elle ramassa son couteau, et Nick lança :

– Ciao, Chiara. Nous y voilà. C'est la deuxième fois.

– La deuxième fois que quoi ?

– Que je vais m'excuser d'avoir été un rustre.

Elle le regarda de la tête aux pieds.

– Oui, tu m'as bien l'air d'un rustre. Je suis en colère.

Nick baissa la tête comme un bambin pris en faute.

– Je te comprends.

Chiara soupira.

– Nick, pourquoi tu ne laisses pas les autres t'aider quand tu en as besoin ?

– Je… je suis supposé être l'ainé. Celui qui sait mieux.

– Je crois que plus personne ne sait rien à rien. Personne ne comprend ce qui se passe. Toi non plus, et c'est normal. Inutile de te refermer comme une huitre quand tu t'en rends compte.

Nick hocha la tête.

– Tu as raison.

Elle l'observa, et nota la rougeur de ses yeux.

– Tu as pleuré, Nick Bowles.

– J'ai découvert le « cimetière ».

Elle tâcha de rester impassible, mais son embarras ne faisait aucun doute.

– Pourquoi vous ne m'en avez pas parlé ?

– Parce que moins on y pense, mieux c'est. C'est derrière nous, on a fait ce qu'il y avait à faire. Il faut oublier, maintenant.

– Oublier… Comment on peut se forcer à oublier quoi que ce soit ?

Elle haussa les épaules.

– On y arrive, Nick. En pensant à des choses meilleures.

Nick eut un geste hésitant, puis fit un pas en avant et serra Chiara contre lui. Elle lui rendit son étreinte et ils restèrent un long moment ainsi, sans dire un mot. Finalement, Nick s'écarta et dit :

– Merci, Chiara.

– Pfff, tu me dis ça comme si je t'avais rendu un service !

– Mais non !

Elle sourit enfin.

– *Basta*. J'aime bien te faire marcher.

Nick se décida alors à montrer du doigt le couteau de Chiara.

– Que faisais-tu avec ça ? Je pensais que l'on avait fini de jouer à la guerre, sur cette ile ?

– *Sì*. Nunzio a arrêté d'entrainer les petits sur les conseils de Roger. Mais il veut que nous, les *grands*, on soit prêts.

– Les grands... répéta pensivement Nick. On en revient toujours à ça. À cette fichue responsabilité.

Elle fit la moue, leva les mains au ciel, et déclara :

– Bon, arrête de te poser trop de questions. Et puis, il faut que je te dise : personne ne t'en veut. Même pas Nunzio. Il n'est pas idiot.

– Je me fiche bien de son avis, tu sais.

– Vraiment ? Tu ne devrais pas. Parce que maintenant, tu as perdu un peu de... de... cette chose que tu avais sur lui.

– De l'ascendant ?

– Ça sonne comme le bon mot, oui.

Nick ouvrit la paume de sa main : une goutte d'eau vint s'y écraser.

– Bonheur suprême ! s'exclama-t-il. Il pleut ! Bon sang, il pleut !

Chiara grimaça :

– C'est bien, ça ? Qu'il pleuve ?

– Oui. Tant que ce n'est pas tous les jours. Mais *jamais*, c'est dur, pour un Anglais.

Ils allèrent se mettre à l'abri à l'intérieur des halles, une sorte de marché couvert où, en temps ordinaires, étaient vendus les mêmes articles que dans les boutiques – sur un mode plus pittoresque.

– Tu as vu Roger ? interrogea sans transition Nick.

– Pas beaucoup. Lui et Nunzio se parlent énormément, ces derniers jours, et je ne sais pas trop ce qu'ils manigancent.

Nick prit un air soupçonneux :

– Est-ce qu'ils se rendent à un endroit particulier ?

– Hum, oui. Il y a peut-être la salle du tournoi. Ils y vont souvent. C'est l'endroit où il y avait des reconstitutions de joutes.

– Qu'est-ce qu'ils y font ?

– Je ne sais pas, Nick, je ne suis pas conviée.

– Ça te dérange si on va y jeter un œil ?

– Après la pluie, non ?

– Après la pluie ? Enfin non : pendant ! Il faut en profiter.

Nick se mit en route, et chaque goutte qui tombait sur son visage, qui traversait la fine toile de sa chemise de lin, lui faisait l'effet d'un élixir de vie. Pendant les quelques minutes que durèrent leur cheminement, Nick fut embarqué dans l'une de ces rêveries nostalgiques dont les pluvieuses journées d'été concentrent le secret. Après ces jours de prostration, après son épouvantable découverte du jour, voilà qu'il avait envie de chantonner, suivi par une Chiara qui, par contraste, grognait après ce qui lui apparaissait comme une anomalie.

Ils parvinrent finalement au baraquement qui contenait la « salle de tournoi ». Il s'agissait d'un terrain ovale entouré de gradins, séparé dans sa longueur par une barrière qui délimitait deux pistes. Sur chacune d'entre elles courait un rail, ou plutôt une rainure métallique. Tout au bout, deux chevaux factices, tout caparaçonnés, reposaient paisiblement dans leur couloir en attendant que quelqu'un veuille bien les monter à nouveau.

– Comment ça marche ? demanda Nick.

– C'est comme un tournoi au Moyen Âge, tu sais. Avec des chevaux mécaniques.

– C'est ce que je pensais, mais… qui monte les chevaux ? Le public ? Ça doit être dangereux !

– Non, non, des employés. Des… cascadeurs. C'était un spectacle bien réglé.

– Je vois. Ils avaient des armures, des boucliers…

– Et des lances, oui.

– J'imagine que ça devait être plutôt drôle à voir !

Ils avancèrent le long d'un des couloirs, en direction du cheval mécanique qui leur faisait face.

– Je me demande bien pourquoi ils viennent ici, s'interrogea Nick. Qu'est-ce que ce lieu peut bien avoir de spécial qui les intéresse à ce point ?

– Aucune idée, mais personne n'a été convié.

Le cheval, quand ils furent tout près de lui, les frappa comme une vision macabre. Un bout de son oreille droite avait été arrachée, une partie de sa tête – comprenant son œil gauche – également, et plusieurs de ses dents soigneusement sculptées dans la résine avaient été brisées.

– Ce n'est pas très bien entretenu, constata Nick.

– Non. Il fait peur, ce cheval.

– Je me demande... Oh, mon dieu !

Nick fit volte-face pour faire le chemin en sens inverse, le dos courbé, les yeux rivés sur le sol en terre battue, semblant chercher quelque chose autour de la rainure. Au bout de plusieurs allers-retours, alors qu'il s'apprêtait à s'avouer vaincu, quelque chose attira son attention dans la rainure elle-même : l'éclat, discret, d'un objet métallique qui n'avait rien à faire là. Il se pencha, glissa les doigts, pesta, puis appela Chiara :

– Peux-tu venir m'aider, toi qui as des doigts de fée ?

Elle s'agenouilla près de Nick.

– Qu'est-ce qu'il y a ?

– Regarde, là. Est-ce que tu crois que tu peux attraper ce qui brille ?

– Ah ! Oui, je pense.

Elle essaya à son tour, sourcils froncés, puis remonta le bras et tendit à Nick le résultat de sa pêche. C'était un tube cylindrique en métal dont elle ignorait la nature ; Nick, lui, enfouit la tête entre ses mains.

– Oh, non... C'est bien ce que je pensais.

– Quoi ?

– C'est une *douille*, Chiara.

– Une...

– Ça fait partie d'une munition. En gros, dans une balle de pistolet ou de fusil, c'est la partie qui abrite la charge. Et qui est éjectée à chaque tir.

Chiara resta pensive, puis :

– D'accord. Donc, s'ils viennent ici...

– C'est pour s'entrainer à tirer, oui. Le bâtiment est bien isolé, on ne doit rien entendre de l'extérieur. Et ce long couloir, c'est idéal. Sans parler de la cible tout au bout.

– Pauvre cheval.

– Oui. À vrai dire, il y a autre chose qui m'inquiète.

– Quoi donc ?

– Ce n'est pas une douille de pistolet comme celui que porte Nunzio. C'est trop gros. C'est une douille de fusil.

Chiara ouvrit grand les yeux :

– De fusil ? Une carabine, c'est ça ?

– Oui : comment est-ce possible ?

– Je n'en sais rien, Nick. Je n'ai jamais vu Nunzio avec une carabine.

– Nunzio, non, en revanche...

Nick se frappa le front.

– Bon sang ! Je sais !

– Oui ?

– Peu de temps après notre arrivée ici, Roger cherchait quelque chose dans le parc. Je ne savais pas quoi, mais lui avait l'air très déterminé.

– Tu penses qu'il cherchait une arme ?

– J'en suis sûr. Il devait se douter que le personnel de sécurité gardait ça quelque part. La police ne peut pas intervenir rapidement, en cas de problème. Et... le pire est que je sais, désormais, où il l'a trouvé.

– Où ?

– L'entrepôt-atelier souterrain. Il y avait une armoire en métal dont la serrure a été arrachée au pied de biche. Je suis sûr que Roger était venu avant moi. Il y avait un cadenas à code à l'entrée, mais la belle affaire : il a eu tout le temps d'essayer les 9 999 combinaisons.

– Tu te rappelles ce qu'il y avait d'écrit sur l'armoire ?

– *Sicurezza*, je crois. Ça veut dire « sécurité », je suppose ?

– Oui, exactement.

Nick demeura immobile, assailli par mille pensées. Chiara demanda :

– Je ne comprends pas pourquoi on n'a trouvé qu'une seule douille.

– Ils ont dû nettoyer à chaque fois. Ils ne voulaient pas que je sois au courant. Je crois que je comprends la logique de mon petit frère… Il n'a pas envie d'impliquer les autres enfants dans la défense du parc. Du moins, il ne veut pas les mettre en première ligne, contrairement à ce que Nunzio avait en tête. D'une certaine manière, cet entrainement au tir avec Nunzio, c'est pour leur rendre service.

L'expression qui s'était accrochée au visage de Chiara n'était pas seulement celle de l'inquiétude ou du doute ; on y lisait de la déception, peut-être de l'amertume.

– Qu'est-ce qu'il y a ? s'enquit Nick. Tout cela n'est pas si surprenant, au fond.

– Non. Mais… avant, Nunzio partageait tout avec moi. Il ne m'a absolument rien dit.

– Évidemment. Il sait que nous sommes proches.

Chiara fixa longuement Nick.

– Nous sommes proches ? Vraiment ?

– Ce n'est pas le cas ?

– Tu dis ça alors que je n'ai pas voulu partir avec toi.

– Parce que tu te sentais responsable vis-à-vis de Nunzio et des enfants…

– Oui.

Elle sortit le couteau qu'elle portait à la ceinture et le fit sauter dans la paume de sa main.

– Nunzio m'a demandé de m'entrainer au lancer...

– C'est sûrement pour te préparer sans t'impliquer tout à fait dans leurs manigances. De toutes les manières, Chiara : est-ce que tu pourrais utiliser cette arme contre quelqu'un ? Et à plus forte raison, quelqu'un qui ne t'a rien fait ?

Elle haussa les épaules.

– Depuis qu'on est là, je n'ai pas eu envie de me poser la question. La vérité... je ne crois pas, non.

– Je suis sûr que non aussi. Tu n'as pas cette violence en toi. Et puis... tu n'as pas envie de rester ici pour toujours, au fond. Je me trompe ?

Elle soupira :

– Non, tu ne te trompes pas.

D'un air dégouté, elle jeta son couteau en direction des gradins. À leur stupéfaction, la lame se planta dans le dossier d'un siège, selon un angle droit parfait. Ils éclatèrent tous deux de rire.

– Bon, eh bien j'aurais réussi au moins une fois. Sur un fauteuil. Et tu sais quoi, Nick ?

– Non ?

– Je crois que même pour un pauvre fauteuil, ça me fait de la peine.

L'hilarité de Nick se mua en un simple sourire. Il posa une main sur l'épaule de Chiara, avec douceur, et lui dit :

– Allez, ne restons pas ici, viens.

*

– Je n'aime pas trop cet endroit, observa Chiara.

Nick pouvait la comprendre. Les bureaux qui occupaient les étages supérieurs du « château » ressemblaient au monde extérieur. La féérie forcée du reste du parc, à la longue, finissait par faire son office ; mais avec ces pièces austères, sans fantaisie, on opérait un retour à une réalité qui n'avait jamais été clémente pour Chiara. Elle attendait donc un peu inquiète, que Nick ait fini ce qu'il avait à faire. Depuis près d'une heure, il était penché sur la fameuse radio qu'il avait découverte peu avant de rencontrer Laura, et avait entrepris de découvrir quelles pièces étaient fautives.

– Tu sais vraiment tout réparer, hein, Nick ?

– Oh, tu sais, je tâtonne.

– Oui, mais... moi, je n'essaierais même pas.

– Je me demande si Roger irait plus vite que moi. Probablement.

– Tu crois ?

– Oh, oui. J'en suis à peu près sûr. Dès qu'il s'intéresse à quelque chose, il en maitrise toutes les ficelles. Le souci, c'est que monsieur n'accorde pas facilement son intérêt. Ah, une piste...

Nick tenait dans sa main ce que Chiara identifia comme une ampoule. Il l'approcha de son visage, et pointa un doigt vers l'intérieur.

– Tu vois, le petit fil, là ? Il est cassé.

– Et c'est ça qui empêche ta radio de fonctionner ?

– Avec un peu de chance, ça peut n'être que ça, oui. Le seul moyen est d'en trouver une autre. Laura m'a dit que j'en trouverai peut-être dans la fameuse réserve.

– Ah oui, « Laura ». Dis-moi, Nick, à quoi est-ce qu'elle ressemblait ?

– Je ne l'ai jamais vue vraiment. On s'est parlés à distance, pendant un moment. Elle avait le visage couvert pour se protéger du virus le jour de son départ. Je n'ai donc vu que ses yeux. De très beaux yeux violets.

– Violets ?

– Oui, une teinte très particulière.

Chiara eut l'air amusé.

– Tu es certain qu'elle est réelle ?

Le jeune homme sursauta.

– Qu'est-ce que tu veux dire ?

– Je ne sais pas. Est-ce que tu ne l'as pas imaginée ? Juste pour que ton esprit ne devienne pas *pazzo* ?

– Chiara, protesta Nick, c'est ridicule ! Et puis, Roger l'a aperçue aussi.

– Vraiment ?

– Enfin... il l'a forcément vue. Chiara, tu es vraiment sérieuse ?

Elle balaya l'air devant elle d'un geste impatient.

– Ah, *basta*. Je te taquine. Enfin... On s'en fiche.

– En attendant, il faut que je trouve cette fichue lampe. Tu m'accompagnes ?

– Bien entendu.

Nick et Chiara passèrent deux bonnes heures dans l'entrepôt souterrain, à parcourir les innombrables étagères, fouiller les armoires qui acceptaient de s'ouvrir, retourner chaque recoin, chaque espace de rangement : l'espoir de trouver la fameuse lampe s'amenuisait de minute en minute. Ils finirent par regagner l'air libre, découragés, pour constater que le soleil avait repris ses droits. Ils croisèrent des enfants qui se poursuivaient en piaillant, et avisèrent même Nunzio en grande discussion avec Roger. Les deux adolescents se trouvaient à bonne distance, assis chacun sur le capot d'une auto-tamponneuse. Nick ne pouvait les entendre, même s'il lui semblait que Roger était en train de rire à gorge déployée. Rire ! Une chose dont il pensait son petit frère incapable. Non parce qu'il manquait d'humour, mais parce qu'il n'avait, sans doute, jamais trouvé quiconque pour rire avec lui. Il jugea cette vision à la fois curieuse et, étrangement, émouvante.

Nick et Chiara élurent domicile dans l'un des restaurants du parc, dont les réserves commençaient à accuser le coup.

C'est seulement quand Nick retourna chercher à boire dans l'arrière-cuisine que son Graal lui apparut. Sous le comptoir se trouvait un poste de radio ; une radio pour écouter les informations, certes, et non une radio pour communiquer avec l'extérieur. Et pourtant... Nick se jeta sur elle, l'alluma, et n'obtint qu'un grésillement continu, seul signe que le monde extérieur voulait bien lui envoyer depuis leur arrivée sur l'ile. Pourtant, la radio s'était allumée. Elle fonctionnait.

Dans une sorte de fièvre, Nick arracha la prise électrique, s'arma du couteau le plus pointu qu'il put trouver et se mit en devoir de retirer le panneau arrière. Chiara, pendant ce temps, l'observait avec l'air de pitié que l'on peut avoir pour un fou.

Quand il hurla de joie, tenant dans ses mains le fragile ovale en verre à la manière d'un trophée, la jeune fille ne put réfréner un mouvement de recul.

– C'est la même lampe, Chiara ! La même ! Je vais pouvoir réparer l'autre radio !

Quand, un peu plus tard, Nick poussa son deuxième cri de triomphe, et constatant que l'émetteur-récepteur radio ne demandait rien de plus pour revenir à la vie que cette fameuse lampe, Chiara ne sut pas davantage quelle attitude tenir. Bien sûr, Nick ne parla à personne à travers la radio, et personne ne lui répondit. Toutefois, un lien avec le monde extérieur avait été rétabli. Peut-être ce monde s'était-il écroulé à jamais, peut-être sommeillait-il simplement. Quoi qu'il en fût, Chiara s'empressa de féliciter Nick, et attendit d'être seule pour laisser éclater un chagrin sans cause et sans espoir.

XIII

Voix distantes

Nick fut tiré de son sommeil par le poids invisible d'un regard fixé sur lui, ce curieux magnétisme qui en appelle à notre troisième œil et met la logique en déroute. Dressé sur son lit comme un cobra qui jaillit, il chassa les brumes de ses yeux en secouant la tête, pour découvrir une silhouette assise sur un fauteuil en face de lui. Malgré le contrejour, il reconnut immédiatement son frère.

– Roger ? Qu'est-ce que tu fais là ?

– C'était ouvert.

Nick, un peu honteux d'avoir été ainsi pris au dépourvu, sauta du lit et s'étira sans perdre Roger des yeux.

Il attrapa sa chemise, un pantalon, et tout en les enfilant, demanda :

– Je suis heureux de te voir. Tu te fais rare, petit frère. Mais j'imagine que tu as quelque chose à m'annoncer ?

– Oui. Enfin, à te montrer, plus exactement.

– Tu ne veux pas me dire de quoi il s'agit ?

– Non. Tu verras par toi-même.

Ils sortirent de la chambre, et Roger mena Nick jusqu'à l'escalier de service qui menait au toit de l'hôtel. Ils s'approchèrent de la rambarde et Roger tendit un doigt vers la côte, de l'autre côté du bras de mer qui les isolait du monde. Dans le ciel, au-dessus de la ville jusqu'à la veille encore endormie, un mince panache de fumée blanche se délitait doucement. À cette distance, on aurait pu le confondre avec un nuage. Mais non : il s'agissait bien de fumée, de celles qui ne peuvent venir que d'une activité humaine.

Nick sentit son cœur battre plus vite. Depuis quinze jours qu'il avait remis en état l'émetteur-récepteur, ses essais quotidiens pour capter un message en provenance du continent s'étaient révélés infructueux. Au point où il en était venu à penser que l'humanité entière avait bel et bien disparu. Avec cette fumée, tout devenait différent ; l'espoir, bien qu'aussi ténu que cette trainée blanche, était à nouveau un luxe qu'il pouvait s'accorder.

Calmement, il dit :

– Enfin... La vie.

– La vie, répéta Roger d'un ton moqueur. Comme si nous étions morts, ici.

– Certains le sont.

– Oh, tu t'en veux toujours ? Un accident, *old chap*. Le cours des choses.

Nick se tourna vers son frère :

– Pourquoi tenais-tu à ce point à me prévenir ? S'il y a de l'activité sur la côte, des secours ne vont pas tarder.

– Du *monde* ne va pas tarder, oui. Des secours... je ne sais pas.

Nick regarda son frère avec dureté.

– Tu sais, Roger, ces derniers temps, je me suis trompé à ton sujet. Ton intelligence, ta maturité... Cela ne suffit plus à masquer quelque chose de terriblement banal.

– Je t'écoute, je sens que ça va être passionnant.

– Tu as peur de retourner à l'école. Rien de plus.

Roger eut une moue interdite, et Nick renchérit :

– Plus largement, tu as peur que la routine reprenne. Tu as peur de l'ennui dans la maison. Tu as peur de remettre un uniforme et d'apprendre de nouveaux vers latins et grecs. Et pire que tout : tu as peur de t'y habituer. Au point où tu finirais par y prendre gout. Je ne pense pas que tu sois vraiment convaincu de ce que tu prétends à propos des intentions de notre père, de ce qui *pourrait* arriver si des adultes revenaient sur l'ile. Ton intelligence ne te rend pas extra-lucide : elle t'aide juste à trouver les bonnes excuses. Tu te prépares à la guerre, mon pauvre Roger, juste parce que tu ne veux pas que les vacances se terminent.

Roger avait écouté sans rien objecter, se refermant un peu plus à chaque fin de phrase. Finalement, quand il eut donné l'impression d'avoir tout avalé, il déclara :

– Bien. Tu t'es exprimé, c'est parfait. Nous savons chacun à quoi nous en tenir. Je n'ai pas répondu à ta question, plus tôt. Pourquoi je t'ai prévenu ? Pour que nous soyons à égalité. Le fairplay, ça doit te parler, hein, *old chap* ?

– À égalité sur quoi, bon sang, Roger ?

– Tu l'as dit toi-même : je me prépare à la guerre. Tu as raison. Et nous n'allons pas être dans le même camp, mon cher frère.

– Roger...

– Nick, je t'aime, grand frère, tu le sais ? Mais nous sommes ennemis. À partir de maintenant, fais ce que tu as à faire, je ferai ce que je pense être juste de mon côté. Tu peux me casser la figure, ou même me tuer tout de suite : je ne fais pas le poids. Seulement, dès lors que nous aurons quitté l'hôtel, les cartes seront rebattues. À moins que tu ne changes d'avis.

– Que je change d'avis ! Roger...

– Oui, oui, je me doute. Mais Nunzio aimerait l'entendre de ta bouche. Tu vois, lui aussi, il est franc du collier.

– Nunzio veut me parler, c'est ce que tu es en train de me dire ?

– Exactement. La guerre, on peut la déclarer de façon civilisée, non ? Question de principe, avant...

– Avant quoi ?

– Avant que tout ne devienne plus compliqué. Tu viens avec moi ?

– J'imagine que je n'ai pas trop le choix.

Quelques minutes plus tard, ils étaient à nouveau dans le parc, qui résonnait comme tous les jours des bruits des manèges à sensation, parfois en marche pour le plaisir d'un ou deux enfants seulement. Nick et Roger trouvèrent Nunzio adossé à la rambarde d'un kiosque, tout près de l'une des trois grandes places du parc. Roger et lui se donnèrent une fraternelle accolade, comme s'ils ne s'étaient pas vus depuis trois ans.

– *Grazie per avermelo portato, Roger*, déclara Nunzio.

– *Non c'è di che, amico.*

Nunzio s'approcha de Nick, aussi droit qu'il pouvait, comme s'il cherchait à reconquérir le moindre millimètre qui le séparait de la taille du jeune Anglais. Nick en fut presque amusé, mais ne releva pas.

– Nick Bowles, tu sais ce qui se passe, sur la côte.

– Pas plus que toi. J'ai vu qu'il y avait de l'activité. Timide, pour le moment, non ?

– Peut-être. En tous les cas, tu sais que je ne laisserai personne nous reprendre l'ile. Alors, j'ai besoin de te poser la question. Pour que les choses soient claires.

– Oui ?

– J'ai besoin de savoir si tu vas nous aider. À nous défendre.

Il y eut un moment de silence, après quoi Nick finit par répondre :

– Je ne sais vraiment plus quoi vous dire. À toi comme à mon frère. Non, évidemment que non !

Nunzio ricana.

– Je ne suis pas surpris. Alors, j'ai une autre question : est-ce que tu vas nous *empêcher* de nous défendre ?

Nick prit une profonde inspiration.

– Je vous empêcherai, autant que je peux, de faire du mal à quiconque mettra les pieds sur l'ile, oui.

– Même si ces personnes sont là pour *nous* faire du mal ?

Nick n'y tint plus.

– Enfin, bon sang, personne ne va vous faire du mal ! Si nous sommes contagieux, on va sans doute prendre des précautions, nous isoler, que sais-je... Mais c'est tout ! Combien de temps encore vas-tu croire à cette légende que tu as toi-même inventée, Nunzio ?

L'Italien fronça les sourcils.

– Quelle légende ?

– Le « mauvais traitement » aux enfants. Tu as vu des adultes faire monter des enfants dans un bateau différent de celui des adultes. La belle affaire ! Ce n'était qu'une mesure de précaution.

– Tu n'y étais pas, tu ne te rends pas de compte de la violence qu'il y a eu. Mais ce n'est pas grave : j'ai ma réponse.

Il tapota la crosse de son arme.

– Tu as eu ta chance, elle est passée. D'accord, Nick ?

Roger observait la scène avec un masque de neutralité qui accabla son grand frère.

– Roger, franchement, tu es d'accord avec ça. Tu laisserais ton « ami » me tirer dessus ?

– Nick, tu sais bien que je suis le lâche de la famille. Je m'arrangerais pour ne pas être là si ça devait arriver. Beaucoup plus simple pour ma conscience.

– C'est... très décevant, Roger.

– Je te déçois depuis que je suis né, Nick. J'en suis vraiment désolé.

Nick leva les yeux au ciel avant de s'écrier :

– Allez au diable, tous les deux. Nunzio : tire-moi dans le dos si tu penses que c'est bien. Ciao !

Il tourna les talons, jugeant qu'il ne serait plus possible de faire entendre raison à l'un ou l'autre. Cette sortie théâtrale, cependant, lui laissait les coudées franches pour aller faire son tour désormais quotidien du côté de l'émetteur radio.

Le panache de fumée pouvait être annonciateur de bien des choses.

Alors qu'il était tout proche du château, il entendit des pas pressés derrière lui. Craignant que Nunzio n'ait décidé d'en venir aux choses sérieuses plus tôt que prévu, il fit volte-face, les poings serrés en garde de boxe, l'air mauvais. Il se retrouva face à Chiara, qui eut un geste d'apaisement.

– Nick ! Du calme, ce n'est que moi !

– Chiara... Oh, bon sang, je suis content de te voir. J'ai l'impression que tu es la seule à ne pas être cinglée, ici. Et je commence à me mettre dans le lot.

Elle eut l'un de ses gestes indicibles, à la fois signes de paix et d'impatience, et embraya :

– Il y a une drôle d'ambiance, aujourd'hui. La fumée...

– Oui, la fumée. Mon frère et Nunzio sont sur le sentier de la guerre. Les fous.

– Nunzio te fait peur, hein ?

– Je n'ai pas confiance dans un gamin qui se promène avec un calibre 38 chargé, en effet. Surtout s'il est devenu le meilleur ami de mon petit frère.

– Je sais. Où vas-tu ?

– Tu t'en doutes, non ?

– Ah, oui. La radio. Je peux venir avec toi ?

– Bien entendu.

Ils marchèrent ensemble, entrèrent dans le château et firent leur salut rituel aux deux dragons au fond de leur fosse avant de monter les marches jusqu'aux étages de bureaux. Là, Chiara fit tout de go :

– C'est gentil de ne pas me poser la question, Nick.

– Quelle question ?

– De me demander dans quel camp je suis, moi.

– Ne dis pas de bêtise, Chiara. Il n'y a pas de camp.

– Bien sûr que si, Nick, tu le sais bien. Il y a toi, contre les autres.

– Alors, c'est peut-être que je connais la réponse.

– Ah oui ? Alors ?

– Tu es avec moi, bien sûr.

Elle posa les mains sur ses hanches.

– Tu es bien sûr de toi, tout à coup, Nick Bowles !

– De moi ? Pas vraiment. Mais je suis sûr de toi.

– Tu t'en tires bien, hein...

Nick esquissa un sourire et ils entrèrent dans le bureau où se trouvait la radio. Avant d'y accéder, mû moins par l'instinct que par une forme de superstition, il décrocha le combiné d'un des téléphones qui ornaient les bureaux en acajou. À la place du silence qu'il s'attendait à trouver, il perçut un grésillement régulier, comme une pulsation éraillée. Ce n'était pas grand-chose ; mais c'était différent. Et cette seule petite différence l'emplit d'espoir. Il tâcha de ne rien laisser paraitre – en vain, puisque Chiara s'empressa de demander :

– Quelque chose ?

– Peut-être. En tous les cas, du changement.

Chiara hocha la tête, puis s'approcha de l'immense fenêtre et contempla le parc, qui s'étalait en étoile depuis le château. Le haut de son front vint toucher la surface du verre, puis ce furent la paume de ses mains.

– Ça ne va pas, Chiara ? demanda Nick.

– Si, si, ça va.

– Ce n'est pas très convaincant.

– Bah... Je me disais juste que j'avais du mal à imaginer la vie après tout ça.

Il s'approcha d'elle.

– Oui... Cela n'aura pas duré si longtemps, au fond, non ? C'est bizarre : juste une petite pause. Et pourtant, moi aussi j'ai du mal à me projeter.

– Au moins, moi, j'aurais pris du plaisir *pendant*. Toi, j'ai l'impression que tu n'auras rien trouvé de bien, dans tout ça.

– C'est ce que je me suis dit un moment. En fait, ce n'est pas vrai.

– Non ?

Il la regarda avec tendresse avant de dire :

– Non.

Nick posa une main sur le dos de celle de Chiara, et tous deux plongèrent leur regard en contrebas, sur le parc et la mer qui l'isolait de ce qui était, désormais, un autre monde. Finalement, à contrecœur, il se retourna vers le poste de radio :

– Tâchons d'en finir.

Il s'installa à sa place habituelle, tendit la main pour mettre la radio sous tension, puis s'arrêta soudain.

– Chiara, il y a quelque chose qui me turlupine depuis un moment. Je suis désolé de te poser la question maintenant. Si tard.

– Je t'écoute.

– Nunzio se vante d'avoir tué un garde, n'est-ce pas ?

– Oui.

– Celui dont il a récupéré l'arme.

– Oui.

– Est-ce qu'à ta connaissance, quand le parc s'est vidé... il a tiré sur d'autres personnes ?

– Mais non. Je le saurais. Il en aurait parlé.

– Il n'aurait pas pu garder ça pour lui ?

– Oh non, crois-moi, je le connais. Cela ferait partie de sa... légende, maintenant.

– Bon... très bien.

Elle eut une moue peu convaincue.

– Pourquoi tu t'es mis ça dans la tête ?

– Je dirais plutôt qu'on me l'y a mis.

– Qui ? Oh... Cette fameuse fille ?

– Oui. Je n'arrive pas à comprendre pourquoi elle m'aurait menti. Seulement, Nunzio n'aurait eu en effet aucune raison de cacher son « exploit ».

– Bah... Sauf si elle voulait te convaincre encore plus de ne pas trainer ici. Avec lui. Avec nous.

– J'y ai pensé, bien sûr. Ce serait tellement... décevant de sa part.

– Ce n'était pas forcément une sainte, ta femme-fantôme avec ses beaux yeux violets.

Nick n'insista pas et résolut de chasser ces pensées. Il alluma la radio, mit le casque sur les oreilles et patienta. Il fut accueilli par l'habituel océan de sons informes, dont on ne savait s'ils venaient de perturbations électriques, d'interférences, ou s'ils constituaient des fantômes de conversations passées, capturées pour l'éternité dans les câbles et les airs. Il tourna le cadran, à l'affut d'un signe des *vivants*. Les fréquences défilèrent, chaque degré apportant à Nick un espoir et une déception immédiates. Quand il eut fait le tour du cadran, il reposa le casque et soupira.

– Rien ? s'enquit Chiara.

– Rien. Comme tous les autres jours.

– Oh, d'accord.

– Tu es soulagée ?

– Quoi ? Soulagée ?

Il se frotta le front.

– Excuse-moi. C'est fou comme le désespoir pousse à la méchanceté, parfois.

– Pas la méchanceté. Comment vous dites... À la mesquinerie !

Nick demeura interdit puis éclata de rire.

– Je vais finir par penser que Roger a raison.

– Raison sur quoi ?

– Je me vois peut-être plus… je ne sais pas… J'ai l'impression d'être une bonne personne.

– Un *gentleman*, eh ?

– Oui, c'est ça. Un *futur* gentleman, en tous les cas. On n'a jamais envie de se voir autrement, après tout. Et j'en suis peut-être plus loin que je ne le pense.

Chiara s'approcha de Nick. Elle tremblait ; imperceptiblement, certes, mais cela n'échappa pas au jeune homme. Cette fois, il ne demanda rien et attendit, le cœur battant.

– Nick, j'aimerais te dire quelque chose.

Elle prit une immense bouffée d'air, les yeux brillants, et s'apprêta à ouvrir la bouche.

À cet instant, un son strident s'éleva du casque de la radio. Un son que Nick n'avait encore jamais entendu. Il se retourna vivement, laissant Chiara à sa surprise et son désarroi. Il chaussa le casque, prit le micro dans ses mains et manipula quelques curseurs.

– Il y a quelqu'un ? fit-il d'une voix chevrotante.

Ses tympans, au sein d'un tourbillon de sons insensés, perçurent quelque chose.

Quelqu'un parlait. Une voix lointaine, déformée, hachée, mais une voix humaine. Féminine ? Peut-être.

Les doigts de Nick se firent plus précautionneux alors qu'il ajustait la fréquence. Petit à petit, le son devint plus clair.

– *Chi parla ?* crut comprendre Nick.

Il attrapa le micro, et appuya sur le bouton latéral.

– Je m'appelle Nick Bowles, dit-il en anglais. Est-ce que vous m'entendez ?

Il y eut un silence – ou plutôt, seul subsista le bruit de fond – puis la voix reprit en anglais également :

– *Où êtes-vous, Nick ?*

Nick en eut les larmes aux yeux.

– Sur l'île. Avalon Park.

De nouveau, plus rien, puis :

– *Êtes-vous malades ?*

L'anglais de son interlocutrice était fort maladroit, mais compréhensible.

– Non, personne n'est malade, répondit Nick. Mais nous sommes coincés ici, il faut venir nous aider. Qui êtes-vous ?

– *Nous…*

Un bruit assourdissant interrompit la conversation, alors qu'une intense sensation de brulure enflammait l'épaule de Nick. Le poste de radio vola en éclats, projetant des morceaux de résine dans toute la pièce, tandis que de la fumée et des flammes jaillissaient de ses entrailles.

Nick se retourna, le souffle court et le visage défait. Nunzio se tenait dans l'encadrement de la porte, le bras tendu, son pistolet encore fumant dans la main. Derrière lui, l'air sévère, Roger attendait les bras croisés.

– Je savais bien qu'on ne pouvait pas te faire confiance, Nick Bowles, remarqua Nunzio avec tristesse.

XIV

L'arrivée

Quand il entendit la clé dans la serrure, Nick se leva d'un bond. Depuis qu'il avait été enfermé à double-tour dans cette chambre, sans espoir d'en sortir autrement qu'en sautant cinq étages, le jeune homme était passé par des sentiments contrastés. À présent, seule demeurait la colère. Les poings serrés, prêts à voler, il attendit que la porte s'ouvre. Il imaginait que cela serait Nunzio, son insupportable petit air narquois accroché aux lèvres, le revolver à la main ; et cette fois, il n'aurait pas hésité à s'opposer à l'arme, peut-être même à risquer de prendre une balle. Mais quand, enfin, le visiteur apparut, Nick recula, abattu et déçu. Il s'agissait de son jeune frère, l'air grave.

– Roger, bon sang, est-ce que tu...

– Nick, mon vieux, assieds-toi, s'il te plait.

Soupçonneux, Roger s'exécuta en se posant sur un coin du lit qui l'avait accueilli les deux dernières heures.

– Qu'est-ce qui se passe, Roger ?

– Exactement ce que l'on avait prévu, mon cher frère. Ton message à la radio, bien que bref, a dû déclencher quelque chose.

– C'est-à-dire ?

– Un bateau vient de quitter la côte et se dirige vers nous. Il n'est pas très rapide, mais il sera bientôt là.

Nick en sembla soulagé.

– Enfin ! Enfin, bonté divine...

Roger secoua la tête.

– Non, Nick, ce n'est pas une bonne chose. Pas une bonne chose du tout. Parce que tout ce que tu redoutais va devenir très concret, tout à coup. Il va y avoir la guerre. Et pour le moment, tu es prisonnier de cette guerre avant même qu'elle ait débuté. J'aimerais te faire entendre raison.

Les deux derniers mots jetèrent de l'huile sur le feu qui couvait en Nick.

– Comme si tu étais bien placé pour parler de ce qui est raisonnable !

– Ce n'est pas moi qui ai décidé d'attendre docilement que le couteau se pose sur ma gorge.

– Le couteau ? Mais tu es devenu complètement dingue, Roger ! Complètement dingue ! Comment peux-tu dire de telles choses ? Si un bateau est en route, c'est pour ramener les enfants de l'ile à leurs parents, rien d'autre !

– Quels parents ? T'es-tu un peu intéressé à ces gamins ?

– Écoute, je sais que ce sont pour la plupart des enfants des rues, mais...

– Mais tu ne pourrais pas les nommer tous, n'est-ce pas ? Cela te suffit de savoir, en gros, qui ils sont. Tu t'en fiches que leurs parents soient morts, ou alcooliques, ou qu'ils s'en soient débarrassés comme notre père l'a fait avec nous. Eh oui, nous sommes plus proches d'eux que tu ne le penses.

– Declan et Sheila ne sont pas des gamins de la rue. Ils rêvent de voir leurs parents, tu le sais bien.

– Ah, oui. Les deux exceptions. Les deux à qui tu t'es un peu intéressé, parce qu'ils parlent anglais et qu'ils sont allés à l'école. Vois-tu, *old chap*, depuis quelques temps, je crois que tu montres ton vrai visage. Et cela vient de se confirmer quand nous t'avons surpris à la radio.

– Je ne vois pas bien en quoi c'était une surprise. Tu sais très bien que je cherchais à communiquer avec la côte.

– Oh, je ne parle pas d'avant, mais *d'après*. Au premier coup de feu, tu t'es couché. Tu as laissé Nunzio te conduire et t'enfermer ici. Te séparer de Chiara. Tu n'as pas pris de risque. La lâcheté des « adultes » a fait son chemin, finalement. Je m'étais trompé sur toi.

– Ce culot...

Ce fut comme si un voile s'était posé sur les yeux de Nick. Un brouillard avait obscurci non seulement sa vue, mais également ses pensées. Il n'eut même pas conscience du coup qui partait, ni même d'avoir touché sa cible. Seul le bruit du corps qui s'effondrait à terre parvint à l'arracher à son aveuglement. Quand ses sens furent à nouveau fonctionnels, il vit Roger tâcher de se relever, une main sur le sol, l'autre sur la bouche, du sang s'échappant de ses doigts serrés en de multiples filets.

– Roger... Mon Dieu, je suis désolé...

Roger fit jouer sa mâchoire de gauche à droite, de droite à gauche, et cracha quelque chose. C'était une canine.

– Quel splendide crochet, Nick. Je me demande ce que ça donnerait sur un adversaire à ta taille. Pour l'instant, je ne t'ai vu frapper que des plus petits que toi. Nous savons tous les deux où nous en sommes, à présent, pas vrai ? Alors tu vas rester là bien sagement pendant que je peaufine notre défense avec Nunzio.

Nick secoua la tête.

– Tu parles d'une défense ! Les généraux de pacotille !

Roger haussa les épaules :

– De pacotille ? Je ne pense pas. J'ai tout imaginé pour que les plus faibles ne soient pas en première ligne, contrairement à tous les grands hommes que tu admires.

Nick s'épongea le front :

– Roger, je vais passer cette porte, arracher son pistolet à ce petit vaurien, et personne ne va m'en empêcher. À commencer par toi.

– Non, je ne vais pas t'en empêcher, Nick. Mais tu ne vas pas le faire pour autant.

– Et pourquoi ?

– Parce que dans une guerre, il faut qu'il y ait des innocents qui meurent, tu comprends ? C'est comme ça que ça s'est toujours passé.

– Des innocents ? De quoi parles-tu, bon sang ?

Roger arracha une taie d'oreiller sur le lit, et s'en servit comme d'une compresse pour sa bouche.

– Chiara... Si tu passes cette porte, Nunzio lui tirera une balle dans la tête. Il m'a chargé de te le dire.

Nick explosa :

– Vous lui avez fait quoi, au juste ?

– Fait ? Rien du tout, je t'assure. Rien *encore*, en tous les cas. Mais si tu sors de cette pièce, la menace sera mise à exécution.

– Mon pauvre frère... Tu es devenu fou. Complètement fou.

– Nick, sans moi, Nunzio serait revenu pour te tuer. Remercie-moi, plutôt. Bah, je sais que tu ne le feras pas, et peu importe. J'ai toujours été le plus malin de nous deux, et tu le sais. Fais-moi confiance.

Roger se dirigea vers la sortie. Pendant les minuscules secondes que son geste dura, mille pensées se télescopèrent dans la tête de Nick. Pouvait-il, décemment, traiter cette menace par le mépris ? Devait-il neutraliser son propre frère, purement et simplement, puis aller s'en prendre à Nunzio ? Ou existait-il une autre voie ? Comme s'il lisait dans ses pensées, Roger lâcha :

– Tu es incapable de prendre les grandes décisions, mon pauvre Nick. Reste où tu es, c'est ce qu'il y a de mieux à faire, et arrête de réfléchir.

Et la porte se referma derrière lui.

Nick demeura figé là où il était, à demi-abruti par les propos de Roger. Il en aurait hurlé de rage. Il tâcha de mettre de l'ordre dans ses idées, mais le malstrom sous son crâne ne lui laissait guère de répit. Pourtant, il lui fallait agir : rester là, les bras croisés, aurait été désormais un non-sens.

Nunzio était armé et, après des semaines de menaces, paraissait disposé à utiliser son revolver. Roger avait un fusil, qu'il gardait pour le moment caché. Dans son cas, toutefois, le plus dangereux demeurait son cerveau. Ses paroles avaient été comme un poison qui, petit à petit, se frayait un chemin dans l'esprit de Nick. Et s'il était, effectivement, un lâche? Voilà plus de deux semaines qu'il avait compris pour le fusil; deux semaines durant lesquelles il aurait pu se mettre à sa recherche, ou même forcer Roger à lui révéler sa cachette. Tout ce temps, il s'était convaincu que ce qui le retenait n'était que l'amour qu'il éprouvait pour son petit frère. Pourtant, une autre piste se dessinait: la lâcheté. La peur de ne pas être convenable.

Nick hurla et jeta une chaise à travers la pièce. Le dossier s'arracha en tombant, et le jeune homme décida de la désintégrer totalement, ponctuant chaque coup d'un râle. Après quoi, enfin, libéré de cette violence qui n'en pouvait plus d'être ainsi enfermée, Nick se mit enfin à réfléchir comme il aurait dû.

La menace la plus immédiate concernait sa chère Chiara. Il ne s'agissait peut-être que d'un coup de bluff, ou d'une version légèrement différente de la réalité. Dans le doute, la prudence s'imposait. À nouveau, Nick considéra la fenêtre, et la hauteur qui le séparait du sol. Décidément, il n'allait pas être possible de descendre par là. Il remarqua que le balcon suivant, au même étage, devait être accessible à un bon gymnaste. Nick était un garçon athlétique, dont la carrure dégageait davantage de force que de légèreté ou de souplesse. Il s'approcha de la rambarde, recula, revint, repartit, tournant et retournant cette pensée dans sa tête sans pouvoir l'en détacher. Et puis, il défit sa veste, déboutonna légèrement sa chemise, et escalada le rebord du balcon. Une fois debout et en équilibre sur la barre de métal, il prit son souffle, attendit que les battements de son cœur se stabilisent, et se jeta en direction du balcon voisin. Sa poitrine heurta les barreaux métalliques avec violence alors que ses pieds cherchaient une prise dans le vide. Heureusement, ses bras, eux, s'étaient solidement arrimés à la rambarde, et il pouvait désormais compter sur ses épaules puissantes pour le hisser jusque sur la petite terrasse.

Quand ce fut fait, Nick n'eut aucun mal à gagner la chambre attenante, dont la porte-vitrée de communication n'avait pas été verrouillée de l'intérieur. Il était donc, désormais, là où on ne l'attendait pas. Il avança à pas de loups jusqu'à la porte et put l'entrouvrir. Accroupi, il colla son visage contre la fente et observa.

Sur un tabouret se tenait l'un des enfants, un petit garçon brun d'une douzaine d'années, les joues rondes et l'air angélique. Il mâchonnait un sifflet, tout en tripotant un couteau de cuisine semblable à celui que Chiara avait longtemps porté. Le garçon observait l'autre porte avec détermination, prêt à intervenir et, en tous les cas, à donner l'alerte. Les acrobaties de Nick n'avaient donc peut-être servi à rien : il fallait foncer au-devant du danger.

Nick, toujours sur la pointe des pieds, alla se munir du plus gros oreiller de la pièce et revint à la porte. Il banda ses muscles, puis, quand il sentit l'adrénaline à son plus haut, s'élança d'un bond en direction de la petite sentinelle, le coussin devant lui comme un bouclier. Le petit garçon n'eut pas le temps de réagir : la masse de Nick le percuta de plein fouet, seulement amortie par l'oreiller. Sous le choc, il fit tomber son couteau, que Nick eut le temps de dégager d'un revers de la main gauche. Tout en tenant l'oreiller appuyé sur le visage du garçon, il décocha un coup de poing dont il ne sut trop, sur le moment, s'il était trop fort ou trop faible. Sous Nick, le petit corps cessa de s'agiter. Nick souleva l'oreiller et posa sa tête sur la poitrine du petit garçon. Elle se soulevait et se creusait encore : il avait donc été assommé sans dommages plus graves. Nick s'en félicita et le porta à l'intérieur de la première chambre, dont la clé avait été laissée dans la serrure. Il enferma sa victime, et put ensuite atteindre les escaliers qui menaient aux autres étages. Sa première tentation fut de descendre, mais il se ravisa : une vue d'ensemble était bien préférable.

Il monta donc les marches jusqu'à atteindre le dernier étage, depuis lequel il gagna, une fois encore, le toit du bâtiment. Un peu aveuglé par la lumière du jour qui venait le frapper de toute sa blancheur, il parvint à se repérer et une fois la mer dans son champ de vision, il s'accroupit et scruta l'horizon.

Roger n'avait pas menti. Une navette blanche et bleue fendait bel et bien les flots, s'approchant de plus en plus du débarcadère. À cette vitesse, pensa-t-il, elle serait à quai dans le quart d'heure suivant. Lui faire signe était impossible ; de sa position, il n'était qu'une virgule perdue au milieu d'une masse de manèges et de bâtiments qui n'allaient pas manquer d'accaparer l'attention des arrivants.

Nick aurait aimé pouvoir lire ce qui était peint sur le flanc de la navette, mais la distance et la vitesse rendaient la chose impossible. Il gagna la rambarde opposée, tâchant de repérer les enfants à l'intérieur du parc. Rien, en tous les cas, pour le moment. Pas découragé, il reprit l'escalier, revint jusqu'au hall, et plutôt que de sortir par la porte principale, il préféra gagner l'issue de secours, à l'arrière du bâtiment.

À nouveau, il fut à l'air libre, et susceptible d'être vu : Roger avait eu tout son temps pour parfaire un système de surveillance. En s'y prenant bien, toutefois, il devait être possible de rester toujours relativement à couvert. Seulement, où que Nunzio et les autres se fussent cachés, il était probable que l'embarcadère demeurait au cœur de leur attention. Nick ne pouvait donc se permettre d'aller au-devant de la navette, si tant est que la menace de Roger à propos de Chiara eût un quelconque fondement.

Avalon Park baignait dans un calme inhabituel ; les monstres de métal et de bois étaient plongés dans leur torpeur, aucun son ne sortait des haut-parleurs. Chaque pas de Nick, qui en temps normal se serait perdu dans une masse de sons, dans un fracas constant, lui paraissait aussi pesant et sonore qu'un galop de cheval.

Tout en rasant les murs des boutiques, les façades des attractions, Nick repéra ce qui pouvait constituer un point d'observation convenable et facilement accessible : l'un des manèges, composé de nacelles reliées à un axe central par autant de bras articulés. Il se hissa à la force des bras dans l'une des nacelles, demeurée en suspension légèrement au-dessus de son front. De là, il se fit aussi petit qu'il put et se félicita d'avoir l'embarcadère dans sa ligne de mire.

De longues minutes passèrent, durant lesquelles ce monde en miniature resta figé. Le ciel, de son bleu trop franc, trop parfait, se liguait avec le soleil et son insolente clarté pour narguer Nick. Ils le dominaient, le scrutaient, riaient dans son dos, prêts à le livrer à ses adversaires. Nick se demanda s'il n'était pas en train de perdre la raison ; si cette cabale ourdie par son petit frère n'était pas que le fruit de son imagination. Aussi, c'est à peine s'il remarqua quand la navette, au loin, accosta paisiblement.

Il vit la scène sans la comprendre, et ce ne fut qu'au moment où les silhouettes descendirent du bateau qu'il s'arracha à ses divagations. À nouveau sur le qui-vive, il plissa les yeux, la main en visière, pour tâcher de dénombrer le nombre d'arrivants. Huit ? Dix ? Pas davantage, en tous les cas. La navette devait contenir bien plus de passagers : peut-être certains étaient-ils demeurés à bord. De là où il était, il lui était impossible de voir leur visage – quand bien même il lui semblait qu'ils étaient masqués. Peut-être portaient-ils des casques, auquel cas, la thèse de l'armée devenait plausible. Il aurait été pertinent de se rapprocher, mais guère prudent : une fois à découvert, il pouvait être vu de Nunzio ou de Roger. Roger qui, d'ailleurs, avait probablement anticipé les événements.

Bientôt, la troupe fraichement débarquée ne fut plus dans l'axe d'observation de Nick, qui n'eut pas d'autre choix que d'attendre que quelque chose se produisît. Il s'écoula une bonne dizaine de minutes avant qu'il ne pût à nouveau percevoir du mouvement. La personne qui s'avançait, à pas lents, se trouvait à une cinquantaine de mètres de lui. Son visage, comme il l'avait pressenti, était dissimulé sous un masque à gaz, et coiffé d'un casque chromé. La personne portait une combinaison brune, et sur son dos, un équipement cylindrique avait été harnaché. Elle tenait à la main un porte-voix. Une voix métallique s'éleva alors dans un vaste rayon autour d'elle :

– Veuillez-vous montrer ! *Per favore fatevi vedere* !

Si l'annonce en anglais était parfaite, celle en italien trahissait un accent anglo-saxon. Se pouvait-il qu'il s'agisse d'une aide internationale ? Quoi qu'il en fût, Nick se retrouva tenté de sortir de sa cachette pour se manifester. Mais il fut trop long à réfléchir : tout à coup, un grondement général secoua l'ensemble du parc, et à la même seconde, toutes les attractions se mirent en branle en même temps. Nick frissonna : cette entrée en matière faisait probablement déjà partie du plan de son frère.

Sa propre nacelle se retrouva à monter et descendre autour de son axe, rendant de plus en plus malaisée son observation de la scène. Puis, tous les haut-parleurs du parc crachèrent de la musique, à un volume assourdissant. Il y avait de quoi devenir sourd et en bas, l'inconnu en uniforme paraissait totalement déstabilisé.

Pour Nick, l'important était maintenant de descendre de sa nacelle, devenue un piège mortel. Le mouvement s'était emballé, et la seule solution consistait à sauter au moment où la nacelle serait au plus bas de son parcours. Il poussa un cri de désespoir, qui alla se perdre dans le vacarme du parc. Il laissa passer un premier tour, puis un deuxième, et il n'osa toujours pas sauter au troisième ; au quatrième, pourtant, il se décida et bondit hors de la nacelle, pieds joints, dans l'espoir de pouvoir atteindre au vol l'un des câbles d'acier qui maintenaient en place la structure centrale. Ses doigts vinrent heurter le métal, mais son élan était tel que le choc lui écorcha violemment la paume. Réfrénant un hurlement de douleur, il se laissa retomber en contrebas, et se réceptionna en porte-à-faux sur sa cheville droite. Celle-ci se courba selon un angle inquiétant, et Nick se retrouva punaisé au sol par la douleur.

Une fois le choc dissipé, Nick tâcha de se relever, et constata que sa cheville en avait décidé autrement. Partagé entre rage et désespoir, il claudiqua jusqu'à la cabine de surveillance de l'attraction, et y trouva en fouillant un balai dont il se servit comme d'une béquille. Ses mains saignaient, le brulaient, mais il tâcha de traiter ses stigmates par le mépris. Il lui fallut près d'une minute pour localiser l'inconnu, toujours seul, qui s'égosillait dans son porte-voix ; ses paroles, désormais, étaient totalement recouvertes par les bruits du parc.

Résolu à établir le contact, Nick se dirigea vers lui aussi vite que sa condition le lui permettait.

Alors qu'il se trouvait à une dizaine de mètres de l'inconnu, il eut un bruit sec, bref, suffisamment puissant pour s'imposer face aux hurlements des manèges. Un bruit de mort, que Nick reconnut immédiatement.

L'inconnu en combinaison leva les mains, comme pour s'accrocher à une bouée invisible. Il fit deux pas, tituba, et se mit à tourner sur lui-même avant de s'effondrer au sol. Face contre terre, l'inconnu ne bougeait plus d'un pouce, et une mare de sang se formait autour de lui depuis son ventre.

– Mon Dieu ! fit Nick d'une voix blanche.

Il traina la patte jusqu'au corps inanimé, et le retourna sur le flanc avant de lui ôter son masque. Il découvrit un visage de femme, peut-être vieille d'une trentaine d'années, dont les yeux exorbités criaient leur terreur. Elle leva son bras mobile vers les épaules de Nick, qui lui dit :

– Ne faites pas d'efforts. Vous comprenez l'anglais, n'est-ce pas ? Où sont vos compagnons ?

– Ils... Ils... fit-elle en crachant des bouillons de sang.

Ses doigts gantés caressèrent le cou de Nick, et s'agrippèrent au revers de sa chemise. Alors, ses yeux paupières se fermèrent à demi, et Nick sentit la main se serrer, sans force, autour de son cou. L'étreinte fut courte, et la vie s'envola définitivement de la femme étendue alors que son bras retombait mollement contre elle.

Bouleversé, Nick se releva douloureusement, et jeta un coup d'œil circulaire. C'était Roger, ce ne pouvait être que Roger. Et s'il avait pu tirer sur cette femme, où qu'il fût installé, il l'observait en ce moment même. Si c'était le cas, Chiara était-elle toujours en danger de mort ?

Nick se traina jusqu'à une intersection, qui formait un angle mort, et tâcha de rassembler ses idées. Son état ne lui permettait plus de faire face physiquement à qui que ce soit à court terme. Il n'était plus qu'un lapin qu'on chasse, avec lequel on joue, qui ne pesait plus grand-chose dans le cours des événements. Honteux de cette situation, il résolut de reprendre sa route, dans l'espoir de croiser le reste de l'équipe de secours. Celle-ci avait dû s'éparpiller pour couvrir une surface de recherches plus grande ; après tout, leur but était de localiser des enfants à priori inoffensifs, et aucun d'entre eux n'avait dû s'imaginer se retrouver pris dans une pareille embuscade.

Le soleil, tel Zeus s'amusant avec les mortels, redoubla d'intensité, rendant les efforts de Nick encore un peu plus insupportables. Il devait à tout prix regagner un point d'observation en hauteur, central, et à l'abri. Il claudiqua encore, en rasant les murs, jusqu'à ce qu'un nouveau coup de feu ne fasse bondir son cœur dans sa poitrine. Une gerbe de terre battue s'éleva dans les airs à deux mètres de lui, laissant un minuscule cratère là où la balle avait atteint le sol. Cette fois, c'est lui qui était visé. Il chercha avec inquiétude d'où le coup avait pu être tiré, et après quelques secondes, repéra un éclat suspect à la fenêtre d'un des restaurants. Celui-ci était surmonté d'un fac-simile de donjon, suffisamment haut pour observer les artères du parc de manière panoramique. C'était là un excellent poste de tir. Roger devait donc s'y trouver. Comment y parvenir sans se faire trouer la peau ?

Toujours appuyé sur son balai, Nick obliqua dans une contre-allée à sa gauche, et débuta un fastidieux contournement qui le vidait encore un peu plus de toute énergie. Plus d'une fois, il dut s'arrêter, dos à un mur, pour faire taire la souffrance. Mais elle n'obtempérait jamais pleinement.

Enfin, au prix d'un supplice de chaque instant, Nick fut tout près. Hélas, la dernière ligne droite allait l'exposer ; il fallait donc prier pour que Roger regardât ailleurs à cet instant. Nick s'assit un instant, et murmura une prière à laquelle il ne croyait guère. Puis, il se releva et chercha au fond de lui la force d'accomplir un ultime exploit, tout comme on gratte le fond d'une poche dans l'espoir d'en retirer quelques malheureuses piécettes. Au mépris de sa cheville meurtrie, il s'élança pour une course de dix mètres qui valait la longueur de mille stades, le balai toujours dans sa main. Quand il eut enfin atteint le porche du restaurant, il se tordit au sol, son poing serré entre ses dents pour s'empêcher de crier.

La douleur ne lui accorda sa trêve que quelques minutes plus tard, durant lesquelles il resta à la merci de n'importe quel adversaire. Personne ne vint l'achever. Alors, il se redressa à l'aide de son balai, et poussa la porte.

Nick se fraya un chemin au milieu des tables vides, et repéra les escaliers en colimaçon qui menaient aux étages supérieurs. Il y avait là une conséquente volée de marches. Il attrapa une serviette sur un meuble de rangement, en bas des marches, la déchira et en fit des bandages pour ses paumes ensanglantées. Puis, résigné, il posa le pied sur le premier des degrés et débuta son ascension.

XV

Premier round

La douleur, désormais, avait à ce point accaparé les sens de Nick qu'elle faisait partie de lui. Le balai, avec son extrémité arrondie malcommode, sa longueur peu adaptée à sa taille, formait une bien piètre béquille, et le jeune garçon dut plus d'une fois poser son pied blessé à terre pour atteindre la marche suivante. Une fois parvenu sur un palier, il s'approcha d'une grande porte vitrée et la poussa du bout des doigts ; derrière, il y avait une petite salle de restaurant ronde, offrant la meilleure vue de l'établissement. Nick fit un pas, deux pas, puis se rendit compte qu'une tête dépassait de l'un des dossiers de chaise. Quelques centimètres de chevelure seulement, qui lui parurent pourtant familiers.

– Chiara ? demanda Nick d'une voix qui sonna étrangement à ses propres oreilles.

Il n'eut pas de réponse.

– Chiara ? insista-t-il.

À ce moment-là, il sentit quelque chose de dur le frapper aux mollets, et il bascula tête la première. Ses paumes blessées vinrent embrasser le sol, et une douleur fulgurante le secoua. Avant qu'il n'ait eu le temps de réagir, un objet contondant s'abattit à nouveau sur ses jambes, puis sur son dos. Il chercha à se relever, mais les coups pleuvaient trop vite. Alors, il accepta son sort et resta couché, en attente de la suite.

– On ne peut pas t'en empêcher, hein, grand frère ? résonna la voix familière de Roger. Tu es un héros, quoi qu'on te fasse ! Et tu es aussi un imbécile. Pas encore aussi complet que notre père, c'est vrai. Ça viendra.

– Roger ? Qu'est-ce que…

À nouveau, l'objet – un bâton ? – le frappa, aux épaules cette fois.

– Tu es battu, Nick, tu ne comprends pas ? Physiquement, tu n'as plus l'avantage.

– Roger, je ne sais pas à quoi tu joues ! Quelqu'un a été tué, en bas, suffoqua Nick.

– Je sais, Nick. C'est moi qui ai appuyé sur la détente. Beau coup, non ?

– Tu es devenu fou, Roger. Je ne vais pas te…

La pointe de l'arme – que Nick ne pouvait toujours pas voir – vint frapper l'un de ses reins. À nouveau, il dut accepter de demeurer étalé au sol.

– Tu crois que je ne savais pas que tu allais venir ici, Nick ? J'aurais pu te tuer aussi, il y a quelques minutes. Je t'ai juste sifflé, et tu es venu en battant de la queue. Ce que tu peux être… évident.

– Roger, insista Nick… Est-ce Chiara qui…

– Oh, là-bas ? Oui, bien sûr, que c'est elle. La princesse dans son donjon, et un abruti de chevalier pour venir la délivrer.

Enfin, toujours couché sur le ventre, Nick put voir les jambes de Roger passer près de lui, puis son frère tout entier qui s'approchait d'un siège. Il le fit pivoter, révélant Chiara, un bâillon sur la bouche, les poignets attachés aux accoudoirs. La tête sur le côté, elle semblait inconsciente.

– Qu'est-ce que tu lui as fait ?

– Je te rassure, elle est vivante, si c'est ce qui t'inquiète. Tu vois, ta présence l'a beaucoup perturbée. À qui rester fidèle ? À Nunzio, qu'elle connait depuis toujours, ou à toi ? Ah, quel dilemme ! J'ai jugé bon de lui venir en aide, en choisissant à sa place. Non, non, n'essaie surtout pas de te relever, mon frère.

Nick put enfin voir ce que Roger tenait à la main. C'était le fameux fusil, celui dont il s'était emparé peu après leur arrivée, et qu'il avait tenu hors de la vue de son frère depuis tout ce temps. Avec cette arme, Roger devenait une sorte de demi-dieu qui n'avait plus à se soucier de la supériorité physique de son frère. Pour le moment, il ne s'en était servi que comme une matraque : c'est sa crosse qui avait frappé Nick au moment de son irruption à l'étage. Il lui suffisait maintenant de retourner le canon contre son frère et de faire feu : c'était aussi facile que cela.

– Tu comptes me tuer ? demanda Nick.

Roger eut une moue embarrassée.

– Sincèrement, Nick, je préférerais de très loin éviter. Ce qui m'ennuie, c'est que tu ne vas certainement pas t'en tenir là. Je pense que même dans l'état où tu es, tu vas vouloir nous arrêter. Même quand ce sera fini. Alors, pour être franc, oui, il va probablement falloir te tuer.

– Tu comptes t'en charger ?

– Bon sang, Nick, tu parles comme si j'étais un monstre ! Je ne compte rien faire du tout ! Si tu acceptais *enfin* de comprendre que nous sommes en train de lutter pour préserver nos vies.

– Vous avez tué une secouriste...

– Une secouriste ? Mais comment peux-tu être si sûr qu'il s'agit d'une secouriste ? Tu as vu une croix-rouge quelque part ?

– Non, mais que veux-tu que ça soit d'autre ?

– Des exécuteurs ! hurla Roger en frappant le sol avec sa hallebarde. Et je ne serai pas un mouton que l'on égorge sans rien dire ! Lève-toi, et regarde.

Roger s'approcha de l'une des fenêtres de la rotonde, et attendit que son frère soit sur ses deux pieds.

Péniblement, Nick avança et vint coller le nez à la fenêtre. En contrebas, dans l'une des rues, deux inconnus venus de la navette progressaient avec d'infinies précautions. C'est alors que Nick comprit ce qui allait se passer : en surplomb, sur des toits voisins, il aperçut Nunzio, l'arme à la main, et une petite dizaine d'enfants pressés contre le parapet. Nunzio leva la main, puis après l'avoir laissée en hauteur, poing serré, il l'abattit comme pour donner un signal. Aussitôt, les enfants se mirent à lancer une multitude d'objets de formes et tailles diverses – cailloux, éléments de décor descellés, souvenirs arrachés aux rayonnages des boutiques – en direction des deux inconnus. Certains manquèrent leur cible, beaucoup firent mouche. Complètement désemparés, les cibles humaines cherchèrent à se mettre à l'abri ; l'un d'eux fut heurté à la base du crâne alors qu'il tournait les talons, et s'étala au sol. L'autre hésita un instant, sembla envisager de tirer le corps de son compagnon, avant de renoncer devant la pluie de projectiles.

– Regarde comme ces gens sont lâches, ricana Roger. Il le laisse à son destin pour se mettre à l'abri. J'espère que Nunzio a bien mis à profit nos entrainements.

Nick eut à peine le temps de voir Nunzio tendre le bras et viser. Une détonation retentit, largement couverte par les autres bruits, et le deuxième inconnu s'effondra.

– Apparemment, oui ! conclut Roger avec un sourire satisfait. Hum... Il a l'air d'avoir été touché à la jambe ? Il se tortille en se tenant la cuisse. Bon, il n'y a plus qu'à attendre qu'il se vide de son sang.

Ce fut la pique de trop. Oubliant sa douleur, son état, mû par une fureur qui déformait ses traits, Nick bondit vers son frère. Avec tant de maladresse, toutefois, que celui-ci n'eut qu'à faire un pas en arrière et bouger son coude gauche pour que la crosse du fusil ne s'écrase contre la mâchoire de Nick. Le jeune homme s'effondra aux pieds de Roger, inanimé.

Roger considéra le corps inerte de son frère, puis se dirigea vers le bar dont il retira une bouteille de rhum. Il en prit une gorgée, grimaça, et revint près de Nick. Avec le plus grand calme, il posa la gueule du fusil contre la tempe de Nick et plaça un doigt sur la détente. Il demeura dans cette position une longue minute, immobile, le regard vide. Finalement, il recula, et releva doucement son arme.

– Fichu Nick... Fichu... Fichu Roger, fichu tout ! fit-il entre ses dents avant de quitter la pièce.

*

Nick caressa sa mâchoire ; il sentit un renflement sous ses doigts, et rien que cet effleurement suffit à lui faire pousser un petit grognement. Peu à peu, il eut à nouveau conscience de sa posture – allongé au sol, sur le flanc –, de la pièce où il se trouvait, et le souvenir des dernières minutes lui revint. Péniblement, il leva la tête en direction de là où se trouvait Chiara un peu plus tôt ; elle était toujours là, un bâillon sur la bouche, les mains liées au siège. Il tituba jusqu'à l'atteindre, et entreprit de défaire ses liens. La jeune fille avait recouvré ses esprits depuis un moment.

– Nick, ça faisait un moment que tu ne bougeais plus ! J'ai eu peur que tu sois mort...

– Qu'est-ce qui t'est arrivé ?

– Quand ils nous ont surpris près de la radio, ils m'ont gardé dans une chambre un moment. Et puis, tout à coup, ton frère a décidé de m'amener ici.

– Je vois. Il se doutait que je n'allais pas rester en place, il voulait son appât. Ils ne t'ont pas fait mal ?

– Un peu ! dit-elle en frappant l'arrière de son crâne. Roger m'a assommée.

– Bon sang de crétin, il aurait pu te tuer. Quoi que ça n'ait plus l'air d'être son problème, désormais.

– Comment ça ?

– Roger a abattu l'une des personnes qui a débarqué sur l'île.

– Quelqu'un a débarqué sur l'ile ?

Nick résuma brièvement la situation à Chiara, dont l'expression oscillait entre le malaise et l'épouvante pure.

– Nick... Qu'est-ce qui se passe ? gémit-elle. Pourquoi est-ce que tout tourne comme ça ?

– Cela ne pouvait que mal finir. Je le répète depuis qu'on est là.

– Oui, Nunzio disait que tu portais malheur.

– Comme c'est commode. Quant à Roger, je commence à me demander quelque chose.

– Quoi ?

– Le virus... Je crois qu'il est en train d'agir sur lui. Mon frère a toujours été un garçon bizarre, cynique, sans doute, mais cette folie ne lui ressemble pas.

– Le virus n'agit pas sur les enfants, protesta Chiara en agitant son poignet droit enfin libéré.

– C'est ce que l'on en a déduit, oui. Qui peut en être sûr, au bout du bout. Il affecte peut-être tout le monde à un degré divers. Peut-être en fonction de certains paramètres qui nous échappent. À quel moment cesse-t-on d'être un enfant, Chiara ? Est-ce physiologique... psychologique, un mélange des deux ? Roger a toujours réfléchi comme s'il avait dix ans de plus : j'ignore si cela peut avoir un lien avec un certain développement cérébral et la progression du virus. Bon, dernier nœud défait. Tu peux bouger.

Nick se dégagea, et claudiqua jusqu'à une table où il prit appui.

– Tu n'as pas l'air en grande forme, Nick.

– Non, je me suis blessé à la cheville. Par « chance », j'ai tellement mal à la mâchoire, maintenant, que j'y pense un peu moins.

– Tes mains...

– Les mains, ça ira.

– Si tu le dis. En attendant, que fait-on ?

– Je ne sais pas. Roger a toujours un coup d'avance sur moi.

– Et Nunzio ?

– Nunzio a tiré sur quelqu'un aussi. Je ne sais pas si la personne est morte. Pas évident de viser juste avec un pistolet, à distance. Et l'énergie de la balle se perd plus vite qu'avec un fusil. La personne n'est pas morte sur le coup, en tous les cas.

Il regarda Chiara avec un mélange de sévérité et de tendresse :

– Chiara... tu vas m'aider ? À les arrêter ? Tu peux encore rester neutre, tu sais, je ne t'en voudrais pas. Tu peux rester à l'abri quelque part.

Il hésita et ajouta :

– C'est que seul, j'ai peu de chances d'y arriver.

Chiara leva les yeux au ciel.

– Tout oublier pour le bel inconnu...

– Chiara...

– Allez, ne te fatigue pas. Bien sûr que je vais t'aider, imbécile heureux.

Nick chercha longuement ses mots, et n'accoucha que d'un piètre « merci ».

– Bon, Nick Bowles, viens par là.

Nick passa son bras autour des épaules de la jeune fille, qui tituba sous son poids.

– Tu n'es pas léger, dis donc. Je vais faire ce que je peux.

Ils clopinèrent jusqu'à la sortie. Puis, ce fut à nouveau les escaliers, encore plus menaçants dans ce sens qu'à la montée.

Quand ils furent en bas, Chiara réclama un instant pour reprendre son souffle. Et même avec cette béquille humaine, Nick vivait un martyre.

– Il faut qu'on y arrive, Chiara.

– Je sais.

– J'ignore où ils se trouvent, désormais. Et je ne vois pas l'équipe de secours. Bon, tâchons de rester loin des grandes artères.

Ils se mirent en chemin, et un coup d'œil latéral apprit à Nick que les deux inconnus qu'il avait vus s'effondrer sous les projectiles n'étaient plus là où ils avaient chu. Avaient-ils été sauvés par leurs collègues ? Peut-être avaient-ils survécu, après tout. Une tache de sang, en revanche, demeurait imprimée dans le sol pavé comme un sceau macabre.

Nick et Chiara marchèrent un long moment sans voir quoi que ce soit, enveloppés par le bruit des attractions et la musique diffusée à s'en éclater les tympans. Ces deux éléments, seuls, auraient suffi à rendre n'importe qui fou à lier ; pour les deux jeunes gens, il fallait en plus supporter cette irréelle situation de siège.

– Il faut que je fasse une pause, Nick, je n'en peux plus, finit par supplier Chiara.

Nick indiqua l'échoppe d'un marchand de glaces, et ils y trouvèrent refuge. Nick allongea sa jambe blessée dès qu'il fut assis, et Chiara, libérée du poids du jeune homme, parut se liquéfier à son tour sur une chaise.

– Je ne sais pas si je vais pouvoir tenir longtemps, avoua-t-elle.

– De toutes les manières, je pressens que tout sera bientôt réglé.

La jeune fille rassembla ses forces, et alla boire au robinet qui se trouvait derrière le comptoir.

Elle revint auprès de Nick et demanda :

– Nick… Ces gens qui sont arrivés…

– Oui ?

– Ils sont bien là pour nous aider, n'est-ce pas ?

Nick partit d'un petit rire.

– Chiara… Évidemment ! Pourquoi, sinon ? Tu ne vas pas commencer à croire aux délires de Nunzio et mon frère ? Vous êtes portés disparus depuis des semaines : il est évident qu'on va venir vous chercher. Et puis, mon père a du pouvoir. Il a sans doute lui aussi lancé des recherches. Ne t'inquiète pas.

– Mais ils ressemblaient à quoi ? Des médecins ? Des soldats ?

– Dur à dire. Cela pouvait être l'un ou l'autre, les deux à la fois. Je ne sais pas.

– Ce n'est pas rassurant.

– Pas très inquiétant non plus, non ?

– Nick, tu n'as pas vécu, comme Nunzio et moi, dans la peur de la police. On n'a pas toujours fait des choses complètement… légales. On a fait ce qu'on pouvait pour se nourrir et nourrir nos familles, tu sais ? Alors la police…

– L'armée, ce n'est pas la police, enfin.

– Non : c'est pire !

Nick renonça à argumenter, et la conversation en demeura à ce statuquo.

Ils restèrent encore un petit moment à reprendre des forces, sans se regarder l'un l'autre, à regarder à travers la vitrine. Qui verraient-ils en premier ? Roger et son fusil ? Nunzio et son pistolet ? Des enfants fanatisés par les deux « grands » ? Ou les fameux « secours » ? Nick, à son corps défendant, avait été contaminé par les doutes de Chiara, par les prophéties de Nunzio et de Roger. Désormais, lui non plus n'était plus sûr de rien. D'autant qu'à présent, pour ces visiteurs de l'extérieur qui ne savaient rien des rapports de force sur l'ile, lui aussi devenait de facto un danger.

Cependant, personne ne se montra. Alors, finalement, Nick se leva, tâchant de faire quelques pas sans aide. Il grimaça, et Chiara ne put s'empêcher de dire :

– Nick, si tu veux je peux encore t'aider.

– Ça va aller, maintenant. Je ne vais pas courir un marathon, mais si je fais attention, je devrais pouvoir m'en sortir. Mon prof de boxe me disait : « *La douleur n'est qu'une information.* » Je vais tâcher de la prendre comme ça.

Il eut un petit rire :

– Même si pour être franc, je me trouve un tout petit peu trop informé, là.

Ils sortirent de la boutique de glaces, et reprirent leurs déambulations au petit bonheur. Le bruit de fond formé par la musique et les machines avait fini par devenir, en soi, un nouveau silence, une donnée de leur monde, le canevas sur lequel d'autres bruits pouvaient – ou pas – venir se broder. Pour le moment, en tous les cas, l'assourdissante litanie ne connaissait aucune trêve, pas la moindre variation.

Finalement, ils atteignirent le centre du parc et aussitôt, ils furent secoués par une nouvelle vision de désastre.

– Bonté divine… s'écria Nick.

Un corps en combinaison gisait au beau milieu d'une rue accusant une pente sévère. Un peu plus loin, encastrée dans une vitrine, il y avait une charrette, jadis pur élément de décor planté à une intersection, qui avait dû être libérée de ses cales et poussée dans la rue au moment où la personne en combinaison s'y était aventurée. Avec le vacarme, elle n'avait probablement rien dû entendre venir. C'était là un piège millimétré, et à son propre dégout, Nick se prit à en admirer la sournoise ingéniosité, la diabolique simplicité.

– Allons voir, fit-il.

Cette fois, ce fut Chiara qui vérifia les signes vitaux de la victime. Elle respirait encore : le choc l'avait étourdie, rien de plus. La personne, un homme au teint mat et aux cheveux gris, tenta d'articuler quelques mots.

– Chut, l'interrompit Nick, qui était resté un peu à l'écart. Ne faites aucun effort. On va essayer de vous mettre à l'abri, d'accord ? Et après, vos amis pourront…

Il ne finit pas sa phrase. Au lointain écho d'un coup de feu répondit un spasme qui électrisa la victime. Un cercle écarlate se forma sur son épaule, et ses traits se crispèrent dans une douleur indicible.

– Nick… s'étrangla Chiara.

– Roger… Où est-il, nom d'un chien ? Quel tir !

Il y eut une nouvelle détonation. Cette fois, personne ne fut touché, mais un bout de bois éclata à quelques centimètres du visage de Nick.

– Mettons-nous à couvert ! gronda Nick.

Ils s'exécutèrent, dans la crainte d'un nouveau coup de feu qui ne se produisit pas. Le plus difficile fut de trainer le corps de l'homme aux cheveux gris, inconscient. L'adrénaline qui inondait les deux jeunes gens accomplit toutefois son rôle. Désormais à l'abri derrière un empilement de barriques, Nick tenta de comprendre où Roger était posté.

Finalement, un éclat de lumière attira son regard. Cet éclat provenait d'une des nacelles de la grande roue, alors que celle-ci marquait la pause qui, en temps normal, permettaient aux passagers de profiter de la vue.

– Oh, Chiara…

– Quoi ?

– Il est là-haut. Je comprends mieux.

– Où ?

– La grande roue, Chiara ! C'est la position idéale, le point le plus élevé du parc.

– Oui, enfin… ça dépend du moment.

– Je sais : elle tourne. C'est pour cela que nous avons pu nous mettre à l'abri. Selon le mouvement de la roue, Roger est plus ou moins bien placé pour tirer à un endroit donné.

– D'accord, mais… comme on ne sait pas où il est exactement…

– En effet. Il faudra que je puisse m'approcher sans être vu.

– Il te verra forcément.

Comme en réponse, un coup de feu retentit. Cette fois, Nick et Chiara n'étaient pas visés. Qui avait fait les frais de ce nouveau tir ? Nick en trembla.

– Il me verra, peut-être. Hum…

– Quoi ?

– Attends, je crois me rappeler de quelque chose.

Il ferma les yeux, les plissa comme si cette crispation pouvait stimuler ses souvenirs. Et puis, il s'exclama :

– Je sais !

– Les dragons. Dans le château.

– Oui, qu'est-ce qu'ils ont, les dragons, Nick ?

– Quand je les ai mis en marche pour Sheila et Declan, ça a déclenché des fumigènes.

– Ah ! Oui, mais la fumée reste à l'intérieur, non ?

– Eh bien, je crois me souvenir que dans la cabine de contrôle, il y avait… une indication. *Fumo all'aperto*, quelque chose dans le genre ? Je me suis dit que ça pouvait être important.

Chiara hésita avant de dire :

– Oh, tu as raison ! Ça veut dire « fumée à l'extérieur ». Il y a des parades, ici, avec plein de fumigènes. On ne les a pas remis en route depuis les événements.

Chiara montra un tuyau en aluminium qui courait discrètement le long d'un réverbère ; il se terminait par un coude grillagé.

– Ça sort par là, tu vois.

– Bon, ça se précise. Maintenant, tout le problème, c'est d'y aller.

– Concentre-toi sur Roger. Je vais y aller moi.

– Tu trouveras comment faire ?

– Tu me crois idiote, Nick Bowles ?

Il rougit :

– Non, pas du tout, au contraire ! Peut-être trop téméraire.

– Alors c'est réglé. Je vais y aller. Bien sûr, je cours le risque de tomber sur Nunzio ou les autres. Ou de me faire tirer comme un lapin par ton *caro fratello*.

– D'autant que maintenant, l'équipe de secours est sur ses gardes. Ils ne sauront pas que nous sommes avec eux.

– Non. C'est pour cela qu'il faut que je passe par l'intérieur des bâtiments et des attractions. Je connais tout par cœur. Le plus dur, ça va être les premiers mètres.

– Je veux vraiment venir avec toi, Chiara, je ne peux pas te laisser courir ce risque toute seule.

– Nick, tu ne tiens pas debout. Prends des forces en attendant.

Le jeune homme hésita, puis, de mauvaise grâce, répondit :

– Tu as probablement raison. Reviens en un seul morceau, où je ne me le pardonnerai pas.

– Promis, Nick Bowles.

Elle s'approcha de lui.

– Nick…

– Quoi ?

– *Ti amo.*

Il la regarda avec douceur, avant de répondre.

– Je ne parle pas italien, tu sais. Mais j'ai quand même envie de te répondre : « moi aussi ».

Chiara eut un regard à la fois amusé et triste.

– Pour une première leçon, ça ne me parait pas si mal, Nick Bowles.

Elle s'écarta à son corps défendant, jeta un coup d'œil en direction de la grande roue, puis tourna les talons et s'élança à toute vitesse en décrivant des zigzags.

Il y eut trois coups de feu, qui ne manquèrent Chiara que d'un cheveu. Elle disparut au coin d'une des artères, et Nick demeura seul, rongé par l'inquiétude.

Cinq minutes plus tard, il lui sembla voir Sheila et Declan, suivis de deux autres enfants, galoper dans une rue adjacente. Stupidement, il retint sa respiration – comme si son souffle, même haletant, pouvait transpercer la cacophonie ambiante ! Un instant, il songea à aller les trouver, eux qui, les premiers, l'avaient accueilli sur l'ile. Il renonça : ils étaient jeunes, trop influençables, et sans même penser au danger qu'ils représentaient peut-être pour lui, il aurait été mortifié de devoir être violent envers eux.

Cinq autres minutes s'écoulèrent.

Et soudain, le miracle se produisit ; depuis les nombreux becs à demi-invisibles disséminés partout dans le parc s'échappèrent des volutes épaisses, roses, rouges, bleues, vertes, jaunes, qui bientôt formèrent un brouillard mouvant, recouvrant tout sur son passage. Enfin, Roger était devenu virtuellement invisible. La situation n'avait pas que des avantages, et sa propre visibilité se limitait à deux ou trois mètres devant lui. Au-delà, il ne percevait plus que des formes peu précises, et un mouvement humain distant pouvait passer inaperçu. Au moins, les cartes avaient été redistribuées.

En rasant la façade des bâtiments, Nick parvint à se frayer un chemin, lentement mais sûrement, jusqu'à l'artère principale devenue plus sûre. De là, tout en trainant sa cheville meurtrie comme le boulet d'un forçat, il progressa en direction de la grande roue, dont la masse titanesque surnageait au-dessus des fumigènes comme l'ombre d'un dieu antique.

XVI

La roue

Nick, quand il fut tout près, cessa un moment de marcher pour tâter sa cheville ; la douleur allait et venait, moins intense qu'une heure plus tôt, mais encore trop présente. Du reste, le moindre angle traître, le pied posé légèrement de travers, et il serait à nouveau invalide. Quant à ses mains, son bandage de fortune avait fait son office, mais là encore, la situation était loin d'être parfaite. Le sang collait à l'étoffe, et le nettoyage des plaies promettait d'être une nouvelle épreuve. Il soupira à cette idée, puis fit quelques pas supplémentaires vers la rampe d'accès de la grande roue. Il n'avait pas de plan, juste de vagues intuitions et la volonté d'en finir.

Il attendit que la roue se mît en pause pour prendre place dans une nacelle, la première qui s'offrait à lui, et se roula en boule tout au fond, enveloppé dans un bain de fumée. Puis, la roue reprit son cycle. Petit à petit, Nick vit la fumée se dissiper, et comprit qu'il se trouvait enfin au-dessus de la nappe colorée. Il leva lentement la tête et scruta le paysage. Sous lui, c'était une plaine moutonnante aux allures d'arc-en-ciel : impossible de voir ce qui se passait dans les rues et allées. En haut, c'était l'arrogant ciel bleu ; restait à localiser la nacelle depuis laquelle Roger avait tiré. Il fit courir son regard de l'une à l'autre, mais ne vit rien. Sous lui, le bilan n'était pas meilleur : pas de trace de son frère. Pour autant, ce dernier pouvait parfaitement se trouver dans la partie de la roue engloutie par les fumigènes, ou plus simplement à un endroit que Nick ne pouvait observer depuis sa position.

La roue exécuta plusieurs révolutions, entrecoupées de pauses toujours plus pesantes, sans que rien ne se produisît. Et puis, alors que la nacelle de Nick avait effectué un quart de tour, un claquement sec le fit sursauter et un fragment de bois explosa à quelques centimètres de lui. Il se retourna. Diamétralement opposé à lui, une demi-circonférence de roue plus loin, Roger le visait avec son fusil.

– Il me semblait bien que je t'avais vu monter ! hurla Roger. Ça ne pouvait être que toi !

– Pose ce fusil ! s'égosilla à son tour Nick.

Là où ils étaient, perchés dans les airs, le vacarme du parc était un peu moins audible. Pour autant, la distance qui les séparait, même en l'absence de vent, rendait la conversation difficile sauf à s'époumoner.

– Je ne vais rien poser du tout, mon cher frère ! Tu ne veux vraiment rien comprendre ?

Roger posa la crosse contre sa joue et fit feu. Le recul, trop important pour sa taille et sa carrure, le secoua de façon qui, dans d'autres circonstances, aurait pu sembler grotesque. La balle avait manqué Nick – peut-être à dessein – et Roger se remettait déjà en position. Nick s'accroupit, quand bien même la paroi de la nacelle n'offrait qu'une bien modeste protection. De là, il cria :

– Roger ! Tu ne peux pas gagner ! Si ce n'est pas cette fois, tu perdras à la prochaine !

– Ainsi soit-il ! répliqua Roger en accompagnant la parole d'un nouveau tir dans la nacelle de Nick.

Cette fois, la balle frôla le genou du jeune homme et traversa le plancher.

– Tu me veux vraiment mort, Roger ?

– Non ! Pas si tu te rends !

– Roger, tu n'as pas toute ta tête ! C'est à cause du virus !

La roue se remit en mouvement ; Nick descendait tandis que Roger montait. C'était une bonne chose : pendant un moment au moins, il allait être impossible à Roger de viser Nick depuis un angle trop favorable. À nouveau, Nick se retrouva sous le niveau des fumigènes, dont l'intensité, bien qu'amoindrie, couvrait encore suffisamment ses gestes.

Il attendit que sa nacelle fût à son niveau le plus bas et en sortit aussi vite que sa jambe blessée le lui permettait, pour trouver refuge derrière la cabine du guichet. De là, le regard braqué sur la roue, il se mit à compter ; un calcul fiévreux, désespéré, auquel il s'abandonna corps et âme. Et puis, quand il lui sembla que le moment était venu, il courut – sa cheville en pleine protestation – et prit place dans la nacelle qu'il avait repérée. Une fois en boule sur le plancher, il se remit à compter.

Les minutes suivantes s'écoulèrent avec une lenteur révoltante. Alors que le dénouement se profilait, Nick fut envahi de tremblements, et une main glacée vint lui caresser le dos.

Le moment était venu. La roue s'arrêta, et sans même vérifier sa position – chaque seconde comptait – Nick se leva, monta debout sur le rebord en ignorant le supplice que lui infligeait sa cheville, et avant même d'avoir totalement assuré son équilibre, il plongea en avant.

La chute fut brève ; si elle avait été plus longue, Nick serait mort écrasé au milieu des fumées. Il n'en fut rien. Il atterrit donc dans la nacelle immédiatement sous la sienne, sans grâce, écrasant sous son poids son frère Roger qui en lâcha son arme. Nick avait été sonné par l'impact, Roger un peu plus encore. Aussi l'aîné récupéra-t-il plus vite ses sens, et s'empressa de passer le fusil par-dessus bord. Nick s'écroula sur la banquette de la nacelle, et attendit que son frère ouvrît les yeux.

Il s'en fallut encore d'une bonne minute. Après quoi, les paupières du jeune garçon s'agitèrent, alors qu'un sourire forcé se peignait sur ses lèvres.

– Ah… Nick… Décidément, tu es bien l'un de ces Anglais indomptables, hein ? commença-t-il.

– Roger, je te propose d'être sérieux deux minutes.

– Sérieux ? Cela ne servira plus à grand-chose. Tu as gagné, finalement. Nunzio ne fera pas long feu en bas, sans moi. Les autres enfants encore moins. Ce qui me navre, c'est que toi non plus.

Roger se redressa et toussota. Un peu de sang coula de la commissure de ses lèvres.

– Roger ! Tu es blessé ! Dès qu'on sera en bas…

Roger secoua la tête.

– Ce n'est rien. Dis-moi, Nick… Est-ce que tu as bien regardé ?

– Regardé quoi ?

– Ah, j'en étais sûr, fit Roger en s'asseyant en face de Nick. Tu n'as pas bien regardé tes « sauveurs ».

– Qu'est-ce qu'il y avait à voir ? Ils portaient des masques, ce qui est normal quand il y a une contamination. Et…

– Oui, oui, bien sûr. Et leur dos ? Tu n'as pas vu ce que certains portaient dans leur dos ?

– Dans leur dos ?

– Ce gros cylindre.

– Ah ! Eh bien, du matériel de secours, bien sûr.

Roger éclata de rire.

– Oui, oui, « bien sûr ». Pauvre Nick. Ce n'était pas du matériel de secours, Nick. Trois au moins de tes « secouristes » portaient un lance-flammes. Peux-tu me dire pourquoi des secours porteraient un lance-flammes ?

Nick mit un moment à répondre.

– Tu dis n'importe quoi, Roger. Je suis certain que ce n'était pas ça.

– Si seulement ! Tu vois ce que tu as envie de voir. Tu as toujours fait ça. Quand il pleuvait, tu te concentrais sur le coin de ciel bleu pour nous dire qu'il faisait beau.

Il tordit ses membres comme pour se dégourdir.

– Je t'ai vu, quand tu es venu porter secours à ma première… oh, appelle-la « victime », si ça te fait plaisir. Enfin, je *vous* ai vus. J'ai vu son dernier geste.

– La malheureuse cherchait quelqu'un à qui se tenir avant de mourir, oui.

– Non, Nick. Tu interprètes. Elle a essayé de *t'étrangler*. C'était ça, son dernier geste : ses mains autour de son cou. Et toi, tu ne vois rien. Rien !

Nick sentit une larme glisser près de ses lèvres.

– Roger, mon pauvre Roger…

– Désolé de te faire de la peine, Nick. À ce sujet !

Roger se raidit, comme si quelque chose qu'il attendait venait de se produire. La roue s'immobilisa, leur nacelle au plus haut, perdue dans l'azur radieux.

– Je n'ai jamais été très courageux, tu sais, Nick. C'est ma nature. Alors j'espère que tu ne m'en voudras pas.

– T'en vouloir ? De quoi ? s'empressa de demander Nick, le cœur battant.

– Au revoir, Nick. Bon courage pour ce qui t'attend. Moi, je n'ai vraiment pas envie de savoir.

Roger se leva, et s'approcha de rambarde, le regard dans le vide. Tout à coup, Nick comprit. Roger s'écria :

– Bon, d'accord !

Et il inclina son corps pour basculer dans le vide.

XVII

Doutes

La chute n'eut pas lieu.

Nick, dans un ultime effort, s'était rué sur son frère, l'avait ceinturé puis projeté sur le sol de la nacelle. Sans plus rien comprendre à ce qu'il faisait, il se mit à le gifler, encore et encore jusqu'à ne plus en pouvoir. Il s'arrêta après une minute, haletant et horrifié, laissant un Roger aux joues rougies gémir et se relever lentement.

Quand ils furent tous les deux debout, face à face, ils se regardèrent un long moment sans être capable de dire quoi que ce soit. Et puis, mus par la même force, le même élan, ils se serrèrent l'un contre l'autre et pleurèrent ; sans la moindre retenue, comme ni l'un ni l'autre n'avait jamais osé pleurer.

– Nick... Qu'est-ce que j'ai fait ? Qu'est-ce que je vais devenir ? sanglota Roger. Bon Dieu, dis-moi que tu sais, Nick. Dis-moi que tu sais.

Il n'était plus *que* Roger. Un adolescent qui cherchait le réconfort de son aîné.

– Ne t'inquiète pas, répondit Nick par pur automatisme, sans avoir la moindre idée de ce qui pourrait les dispenser de cette inquiétude.

Il ajouta :

– On trouvera.

– Je ne veux pas qu'un autre paye à ma place, Nick.

– Nous ferons ce qu'il y a à faire.

– Nick...

– Oui, Roger ?

– Tu as gagné la bataille. Mais ça ne veut pas dire que tu as raison.

– Roger, écoute...

– Non, c'est fini en ce qui me concerne. Je ne tenterai plus rien. N'aie pas peur de ça. Je pense que tu as mérité de ne pas avoir ce poids en plus de ce qui t'attend.

– Tout ce qui nous attend en bas, c'est notre salut, Roger.

– Pour ça, tu vas bientôt être fixé.

La roue accomplit peut-être plus d'une révolution avant que Nick et Roger se décident à en sortir.

Appuyés l'un contre l'autre, ils progressèrent à travers les fumées qui, petit à petit, se délitaient. Une silhouette se détacha des volutes : c'était Chiara. Quand ils furent assez proches pour se voir, Chiara posa un regard lourd de questions sur Roger. Nick secoua la tête pour signifier quelque chose comme « tout va bien ».

– Merci, Chiara, fit Nick. Tu vas bien ?

– Oui, j'ai l'impression.

– C'est grâce à toi que je n'ai pas tué mon frère ? enchaîna Roger d'un ton las.

– *Sì.*

– J'espère que l'avenir te donnera raison. Oh, et puis je m'en fiche, maintenant. Rien ne...

Tout à coup, les manèges se turent, et la musique cessa au même instant.

– Ils ont dû trouver l'alimentation principale, fit Chiara.

– Sans doute, répondit Nick, toujours sonné.

Ils continuèrent à avancer tous les trois dans la rue principale, dans un calme dont la soudaineté avait, elle aussi et paradoxalement, quelque chose d'assourdissant.

– Nick Bowles ! fit quelqu'un derrière eux.

Ils se retournèrent. À travers les fumigènes, qui ne formaient plus qu'un voile modeste, ils reconnurent Nunzio, son arme à la main, pointée vers eux.

– C'est fini, hein, l'*Anglais*? Mais on s'est bien battus.

– Battus ? Oui. Pour rien. Je t'en supplie, implora Nick, jette cette arme. Plus de coups de feu. Cessons d'être... fous.

Le jeune Italien ne remarqua sans doute qu'à cet instant que Roger accompagnait Nick. Il se mordit la lèvre et secoua la tête, comme si la détresse qui venait de le submerger pouvait être chassée en s'ébrouant.

– Tu es retourné avec eux, alors ? demanda Nunzio.

– Crois-moi, je ne suis plus nulle part, répliqua Roger.

– Tu comptais me trahir dès le début ?

– Je ne t'ai pas trahi, Nunzio. Nous avions raison de vouloir notre liberté. Maintenant, c'est fini, tu sais. On va redevenir ce qu'on était avant. Pour le meilleur et le pire.

– Le meilleur pour toi, Roger. Le pire pour moi.

– C'est toi qui le dis.

– Si tu veux qu'on échange nos vies, tu es le bienvenu.

Nunzio secoua la tête en riant nerveusement.

– Il n'y a plus personne à défendre, maintenant, reprit-il. Au moins, je veux savoir que je suis allé jusqu'au bout.

Nick frissonna.

– Comment ça ? Attends, Nunzio : où sont tous les autres ? Les enfants ?

– Ils les ont pris. Ils les ont déjà pris. Maintenant, ils vont nous prendre nous. Mais avant ça...

Il arma le percuteur de son arme. Le canon visa Chiara, puis Nick, encore Chiara, avant de se stabiliser en direction de Roger.

– Judas ! cria Nunzio. Avance donc !

– Oh, je t'en prie, gémit Roger. Cesse un peu. Il y a cinq minutes, j'ai essayé de me jeter de cette roue. Tu crois que je vais avoir peur de ça ?

Roger avança en direction de l'arme. Nick s'étrangla :

– Roger ! Recule !

– C'est bon, Nick.

La main de Nunzio tremblait. Des larmes coulaient-elles de ses yeux ? Peut-être ; elles auraient aussi bien pu être causées par le reste de fumigènes que par l'émotion qui l'étranglait.

Le coup de feu claqua, comme un coup de tonnerre dans le silence retrouvé.

Roger se tenait toujours debout, face à Nunzio.

– Tu m'as raté ? Ou alors, ça fait moins mal que je ne pensais.

Nunzio baissa son arme, la mâchoire pendante, les yeux fous. Derrière Roger, Chiara venait de s'écrouler en se tenant le flanc.

– Non, non, non, non ! hurla Nick en s'agenouillant près d'elle.

– Nunzio ! s'écria Roger. Qu'est-ce que tu as fichu, pauvre fou ? Pourquoi elle ?

Nick souleva les mains de Chiara, posées sur une plaie d'où s'échappaient des bouillons de sang. Roger jeta un regard navré à Nunzio et les rejoignit.

– Nick ?

– Je pense que ça ira si on la soigne vite, fit Nick. Je crois. La balle est passée juste au-dessus de la hanche, je ne pense pas qu'un organe soit touché.

La jeune fille tourna la tête vers Nick.

– Tu vas me soigner, hein ?

– Ne t'inquiète pas. Cette fois, je serai à la hauteur. Roger, est-ce que Nunzio...

Mais Nunzio n'était plus là. Il avait disparu comme si, sa dernière scène jouée, il ne faisait plus partie de la pièce. À sa place, dans les fumées colorées, se tenait une autre silhouette. Haute, immobile, sans visage.

– Où est Nunzio ? Vous l'avez emmené ? s'exclama Nick.

Il n'eut pas de réponse et insista.

– Je m'appelle Nick Bowles, je suis citoyen britannique.

À nouveau, rien.

– Je suis prêt à vous apporter toute l'aide que vous souhaiterez. Nous sommes naufragés sur cette ile depuis plusieurs semaines.

L'absence de réaction perturba le jeune homme. Mais il pouvait la comprendre : après tout, qui ou quoi qu'ils fussent, ces nouveaux arrivants venaient d'être attaqués. N'importe qui pouvait être un ennemi. Toutefois, c'est Nunzio que l'on venait – probablement ? – de surprendre l'arme à la main. Il y avait donc encore une carte à jouer.

– Est-ce que vous comprenez l'anglais ? insista Nick.

La personne en combinaison hocha la tête, et une voix masculine où pointait un fort accent américain s'éleva, déformée par le filtre du masque :

– Quel âge avez-vous, Nick Bowles ?

– Pardon ?

– Quel âge avez-vous, Nick Bowles ?

– J'ai... j'ai seize ans, bientôt dix-sept. Écoutez, il y a des enfants qui...

– Quel âge ont vos compagnons ?

Roger avait croisé les bras, comme s'il savourait une mise en scène longtemps répétée. Nick se pencha encore un peu plus vers Chiara.

– Chiara. Finalement, tu ne m'as jamais dit ton âge exact.

– Tant mieux, je voulais passer pour plus vieille. J'ai quatorze ans.

– Elle a quatorze ans et elle est blessée ! répéta Nick à haute voix ! Il faut que...

– Quel âge a l'autre ? continua l'homme en combinaison.

Roger se releva et s'avança.

– J'ai eu quatorze ans *aussi* il y a quelques jours et même mon frère ne m'a pas souhaité mon anniversaire, ajouta Roger. Vous y croyez ?

La respiration de l'homme en combinaison s'intensifia, comme s'il prenait peur, à tel point qu'on l'entendait s'échapper à travers les grilles du masque malgré la distance. Alors, sans préavis, il franchit les deux mètres qui le séparaient de Roger, l'attrapa avec force par le poignet, et le tira en arrière tandis que deux de ses deux comparses, déjà, revenaient le ceinturer.

– Qu'est-ce que vous faites ? s'exclama Nick.

– Veuillez coopérer, Nick Bowles, fit l'homme.

– Coopérer ? Je coopère ! Et eux aussi ! Lâchez-le !

Il prit les mains de Chiara dans les siennes et lui montra comment compresser sa plaie. Il chuchota :

– Tout ira bien. C'est plus impressionnant que grave.

Pour toute réponse, Chiara battit des paupières.

À nouveau sur ses pieds, Nick se dirigea vers l'homme en combinaison, tout en claudiquant. Alors, l'homme sous le masque décrocha le tuyau de métal qui était accroché au cylindre harnaché à son dos, et le pointa vers lui.

Au bout du tuyau, un orifice en métal, évasé, se mit à émettre un curieux sifflement.

Nick ne bougea plus, et attendit dans la plus parfaite résignation de découvrir ce qui allait en sortir. Il était prêt.

Y compris aux flammes.

Il n'y eut jamais de flammes, pourtant. Et quand la poudre blanche l'enveloppa, collant à ses vêtements, à ses cheveux, à sa peau, avec son odeur de savon et de chlore, Nick n'éprouva aucun soulagement – plutôt une profonde lassitude. Il sut, à cet instant, qu'il continuerait à vivre, qu'il reverrait probablement les siens dans un avenir proche ; que le monde tel qu'il l'avait connu redeviendrait son paysage ordinaire. Mais il comprit aussi que le doute qui l'avait assailli quelques secondes plus tôt ne le quitterait jamais plus, et qu'il lui faudrait beaucoup de temps – si ce n'est, l'éternité – pour que sa confiance envers ceux de « l'autre monde » puisse se donner à nouveau, pleinement, entièrement, sans arrière-pensée.

Roger et Nunzio, songea-t-il, avaient finalement gagné.

Épilogue

12 juillet 19..,

Le docteur inspecta la cabine pour récupérer les quelques effets personnels qui y trainaient encore. La traversée avait été longue, multipliant d'autant les occasions de s'étaler. Les côtes de la Sicile, désormais, étaient en vue. Ce n'était plus qu'une question de minutes. Une fois que tout fut en ordre, le docteur se tourna vers sa jeune épouse et dit :

– Belinda chérie ? Je pense qu'on peut y aller. Tout est bon de ton côté ?

La jeune femme acquiesça d'un signe de tête, puis se frotta le menton.

– Tu m'as l'air un peu nerveux...

– Nerveux ?

– Oui. Depuis qu'on est en approche. Quelque chose dont je ne serais pas au courant ?

– Peut-être. Rien d'important, je te rassure.

– Je me demandais si cela pouvait avoir un rapport avec la succession...

Le docteur balaya l'air devant lui.

– Non, non, ne t'inquiète pas. Mon frère gère tout ça très bien, tu le connais.

– Oui. Que ça doit lui faire drôle de se retrouver à tout gérer à la place de ton père ! Tu m'as dit que leurs relations n'étaient pas...

– … au beau fixe ? Non, on ne peut pas dire ça, en effet. C'était tout de même plus détendu à la fin. La guerre, ça vous change une relation.

– Rarement pour le mieux, pourtant.

– C'est vrai. Dans notre cas, si. Mon frère ne s'attendait pas – j'en suis sûr – à ce que papa rejoigne la bonne cause. Ça allait plutôt contre ses intérêts, à priori. Enfin ! Mieux vaut tard que jamais. Il aura quand même fallu une pandémie puis un conflit mondial pour que ces deux-là se reparlent.

– Hum…

– Hum quoi, chérie ?

– La pandémie. C'est rare que tu la mentionnes.

– Il y a des choses auxquelles je n'aime pas trop repenser, oui.

– Je me doute. J'étais un peu trop jeune pour bien m'en souvenir. La guerre, en revanche…

Elle frissonna avant de reprendre :

– Aucun rapport entre la pandémie et notre séjour en Sicile, bien sûr ?

Le docteur parut embarrassé.

– Pourquoi il y en aurait un ?

– L'instinct, mon cher !

Le docteur détourna le regard, et son épouse enchaina :

– Allez, je ne t'embête pas davantage, ça a l'air de te mettre au supplice. Je suppose que tu m'en parleras quand tu auras envie. Comme d'habitude.

Le docteur soupira.

– Je suis pénible à ce point, Belinda ?

Elle rit gaiment.

– Non, non. Mais détends-toi un peu, bon sang, *Dr Bowles* ! La vie est belle, tu as touché assez d'argent pour te mettre à ton compte, maintenant, profite ! Depuis combien de temps on en rêvait, de ce voyage ?

Le Dr Bowles soupira.

– Pas *spécifiquement* de ce voyage, mais… Ah, je pense que tu as raison, il faut que je me relâche un peu. Bon, je pense que nous y voilà. Je vais t'aider pour les bagages.

Ils mirent pied à terre quelques minutes plus tard. Une fois qu'ils furent à quai, perdus au milieu de l'agitation du débarquement, Belinda tira son mari par l'épaule, à l'écart.

– Laissons la foule se disperser, on a tout le temps. Il nous faudrait un guide, d'ailleurs. Tu ne crois pas ?

Ils s'attablèrent en terrasse, face au quai. Le Dr Bowles ajusta son chapeau et parut se détendre un peu.

– Un programme ? demanda-t-il.

– Oh, j'ai quelques idées, oui. On verra avec notre guide dans quelle mesure c'est faisable.

– Parfait.

Ils avalèrent un premier café, puis un deuxième, laissant la nonchalance prendre ses droits.

C'est alors que le Dr Bowles remarqua, sur le quai, un emplacement vide, délimité par deux poteaux que rejoignait une pancarte tellement défraichie, tellement décolorée par le soleil, qu'elle en était devenue illisible. Le Dr Bowles blanchit, et sans un mot, s'écarta de la table, se leva, et marcha en direction de la pancarte.

Même de près, on n'y distinguait plus grand-chose : « AV P », et les contours flous d'un château peint à l'huile.

Il resta plusieurs minutes à contempler la pancarte, soudain étranger au monde extérieur, sans parvenir à s'en arracher.

Ce fut la voix de Belinda qui le tira de sa torpeur.

– Nick ? Tout va bien ?

– Oui, répondit le Dr Bowles d'une voix atone, sans se retourner. Tout va bien, oui.

– Pendant que tu rêvassais, j'ai un peu avancé.

– Avancé sur quoi ?

– Sur le guide, bien sûr. On m'a donné un nom. Quelqu'un de sûr. On l'appelle « Le Colonel ».

– Ah, un militaire à la retraite, donc.

– Mmm, ce n'est pas ce que j'ai compris. C'est un surnom qu'il a eu pendant qu'il était dans la résistance.

– Oh… voilà qui le rend plutôt sympathique à priori. Quand le verra-t-on ?

– Il ne devrait pas tarder.

Nick Bowles, cette fois, se plaça dos à la pancarte. Aussi ne vit-il pas arriver Le Colonel.

Le Colonel devait avoir vingt-cinq ans. C'était un garçon de taille moyenne, aux membres musclés et à l'air intelligent.

S'ils s'étaient revus ailleurs que sur ce quai, ailleurs qu'en Sicile, peut-être Nick et lui ne se seraient-ils jamais reconnus. Or, ce fut le cas dès que leurs regards se croisèrent et qu'ils virent, à travers les hommes qu'ils étaient devenus, les adolescents qu'ils avaient été. Le jeune médecin comprit tout à coup que depuis le début, depuis que Belinda avait insisté pour entreprendre ce voyage, le destin était en marche. Ces retrouvailles, pensa-t-il, ne pouvaient être le seul fruit du hasard : elles s'inscrivaient dans un vaste plan, qui les dépassait.

Un silence s'installa alors, engloutissant tous les bruits du quai. Ils se dévisagèrent encore un moment puis, dans un anglais presque sans accent, Le Colonel déclara :

– Je ne crois pas être la personne idéale. Veuillez m'excuser.

– Que voulez-vous dire ? s'étonna Belinda. Mais…

– J'ai quelqu'un d'autre à vous proposer, si vous le voulez bien, poursuivit-il sans cesser de fixer Nick dans le blanc des yeux.

Belinda haussa les épaules.

– Comme vous voudrez, mais vous me permettrez d'être surprise !

– Si je vous accompagnais, vous seriez peut-être encore plus surprise. Au revoir, madame. Au revoir *Nick*. Attendez ici, voulez-vous ?

Il n'attendit pas la réponse et tourna les talons. Nick et Belinda restèrent figés sur place, chacun en proie à une sidération différente.

– Alors ça… C'est la meilleure, grommela la jeune femme.

Elle réfléchit avant d'ajouter :

– Je rêve où il t'a appelé « Nick » ?

– Tu as sûrement rêvé, oui. Comment veux-tu qu'il sache comment je m'appelle.

– Oui, oui. N'empêche, c'était étrange.

Elle demeura pensive, baissa le regard et s'exclama :

– Ah ! Mystère résolu. Il a dû voir ton nom sur l'étiquette de ta valise, regarde. C'est écrit en assez gros !

Nick sourit, ravi – et soulagé – que cette solution satisfasse son épouse.

Il continua à regarder Le Colonel s'éloigner. Alors que celui-ci était déjà loin, il se retourna, mit les mains en porte-voix et cria quelque chose. Après quoi, il disparut pour de bon dans la foule du port, comme s'il n'avait jamais existé.

– Tu as entendu ce qu'il a dit ? s'enquit Belinda.

– Non. Sans doute rien d'important.

– Vraiment ? Que de mystères, dis-moi. Enfin ! Il n'y a plus qu'à attendre notre guide, pas vrai ?

– Oui. Espérons que ça ne sera pas long.

Ils patientèrent en se laissant bercer par l'agitation, les exclamations, l'ambiance tellement différente de ce qu'ils avaient laissé au pays. Bientôt, Belinda constata avec joie que son époux avait retrouvé le sourire.

Il souriait encore au moment de s'endormir puis, pour la première fois depuis plus de dix ans, dans son sommeil. Toute la nuit, les mots du Colonel dansèrent dans sa tête :

« *Elle va bien.* »

FIN

Le Feuilleton des Incos

Proposer aux jeunes lecteurs de pénétrer dans les coulisses de la création d'une histoire. C'est cette idée, à la fois simple et novatrice, qui est à l'origine du Feuilleton des Incorruptibles.

Pendant plus de douze semaines, des groupes de lecteurs ont entretenu une correspondance personnalisée avec un auteur. L'objet de ces échanges ? Un texte posté tous les quinze jours chapitre par chapitre par un écrivain, passablement anxieux à l'idée d'être soumis aux jugements décomplexés des jeunes. Le résultat ? Une histoire commentée et questionnée par deux cent cinquante lecteurs, aussi curieux qu'impitoyables, et autant de débats et échanges, questions existentielles et interrogations futiles, mots doux et bons mots...

Avec la complicité des éditions Didier Jeunesse, le texte a été travaillé comme un manuscrit traditionnel avant de prendre le chemin des presses. C'est une aventure où l'intime et le collectif se conjuguent et se répondent pour désacraliser l'acte d'écriture, comprendre le processus de publication d'un texte, inciter à la lecture, encourager la réflexion, tisser des liens privilégiés avec un auteur et, pourquoi pas, susciter des vocations...

Association le Prix des Incorruptibles
01 44 41 97 20
www.lesincos.com

Postface

La première version de ce récit – considérablement moins développée – a été publiée dans le cadre du Feuilleton des Incos, entre octobre 2019 et fin janvier 2020. Une livraison tous les quinze jours, et un échange continu avec plusieurs classes que je remercie pour leur spontanéité et leurs retours parfois enrichissants – et en tous les cas, toujours motivants.

L'idée de ce parc d'attractions à l'abandon était en réalité ancienne ; elle m'avait été inspirée par la découverte de photos du parc Wonderland, en Chine, une sorte de Disneyland aux ambitions démesurées dont la construction avait débuté en 1998… et ne s'était jamais terminée. Pendant des années, il a donc survécu à l'état de fantôme, dans sa forme presque définitive, alors que la nature reprenait progressivement ses droits en envahissant les ruelles, les manèges. Aujourd'hui, il ne subsiste du projet que son château, entouré de terres agricoles.

À l'époque de la parution de mon deuxième livre, en 2012, j'ai jeté les bases d'un possible roman ayant un cadre similaire. Je l'avais imaginé comme un croisement entre *Sa Majesté des mouches* de Golding, *Pinocchio*, et des films comme *Zombie* de George Romero et *Les Révoltés de l'an 2000* de Narciso Ibáñez Serrador. La raison pour laquelle je ne m'y étais pas mis immédiatement était probablement son caractère dystopique. C'est que pour dire les choses comme elles sont, j'ai toujours préféré *Star Trek* à *Star Wars*, et imaginer le « mieux » m'a toujours davantage emballé que décrire le « pire ».

Quand le feuilleton a débuté, je me suis dit que sortir de ma zone de confort pouvait être intéressant. Et que plutôt que de jouer la carte de la dystopie pure, je pouvais tâcher d'imaginer comment une dystopie temporaire pouvait devenir l'utopie – tout aussi temporaire – de certains.

Au départ, je n'avais pas du tout l'intention d'introduire cette notion de virus : je voulais évoquer une sorte de mal extérieur non défini, qui pouvait être une guerre, une épidémie, en effet, mais aussi une invasion extra-terrestre, ou n'importe quoi d'autre, sans jamais lui donner un nom. J'étais assez attaché à cette abstraction. Toutefois, un échange avec mon éditrice Mélanie – qui n'était pas encore impliquée dans le projet à ce stade – m'avait convaincu d'être un peu plus direct. C'est donc en toute innocence que courant octobre 2019, j'ai inventé cette histoire de bateau de croisière qui navigue au large de l'Italie, avec deux jeunes gens qui échappent à la quarantaine tout en ignorant que dans le reste du monde, un virus venu de Chine met l'humanité en sommeil.

Au cours de l'écriture, c'est avec une certaine stupeur que j'ai vu l'actualité me rattraper. Premiers cas de coronavirus en Chine, navire de croisière mis en quarantaine près des côtes italiennes... puis ce qu'on sait.

J'ai un moment hésité à développer ce texte, comme j'en avais eu l'intention initialement. N'était-il pas trop tôt pour sortir un roman qui évoquait de manière si direct un traumatisme récent, même involontairement ? Et puis, je me suis rassuré en me disant qu'après tout, la pandémie n'était pas le centre du roman ; au mieux, une toile de fond ; que l'essentiel restait cette mini-lutte des classes, et le rapport ambigu que les adultes nouent avec les enfants (et vice versa). Je me suis donc attelé à étoffer la partie centrale, pour introduire une routine qui convenait assez mal au format feuilleton initial – avec sa dose d'action qu'on me réclamait régulièrement !

Un jour après avoir terminé cette réécriture, j'ai entendu à la radio le dernier single des increvables Rolling Stones, *Living*

In A Ghost Town. Si les paroles évoquent directement le thème du confinement que la quasi-totalité du monde a connu au début du printemps 2020, le morceau aurait pourtant été écrit un an plus tôt, ne connaissant que de petites retouches avant son enregistrement effectif. Faut-il vraiment croire Mick Jagger ? Personnellement, j'ai choisi de le faire. Superstitieux que je suis, ce morceau – et son histoire – étaient pour moi un signal au vert.

Quand, lors de rencontres, on me demande ce qu'il faut pour être écrivain, je réponds toujours que je n'en sais rien, mais qu'être plus attentif que la moyenne aux petits signes que nous envoie la vie est un bon début. Cela vaut, j'imagine, pour l'écriture comme pour n'importe quelle expression créative. Cela ne fait pas de nous des voyants extra-lucides ni, à l'opposé, des opportunistes : plutôt des éponges. Autant l'assumer jusqu'au bout, n'est-ce pas ?

Noms des groupes participants au projet « Le Feuilleton des Incos » avec Eric Senabre

Les lecteurs de Rouen (76)

Les lecteurs du Pays de Soule à Chéraute (64)

Les lecteurs de Moret (77)

Les lecteurs de Reims (51)

Les lecteurs de Mitry-Mory (77)

Les lecteurs de Saint-Quentin (02)

Les lecteurs Saint-Quentinois (02)

Né en 1973 en région parisienne, **Eric Senabre** a été journaliste pendant plus de dix ans avant de se lancer dans l'écriture de récits pour la jeunesse. Lorsqu'il n'écrit pas, il joue du rock, se passionne pour les arts martiaux, dévore les films de série B et aime surtout la littérature fantastique du XIXe siècle. Mais on peut aussi trouver dans sa bibliothèque des comics des *X-Men* et des *Mickey Parade*. Car ce qu'il apprécie par-dessus tout, ce sont les histoires pleines d'imagination, les mystères à résoudre, et ce que l'on peut découvrir derrière la surface des choses connues.

Du même auteur chez Didier Jeunesse :

La Seizième Clé

Eric Senabre

Franchir la seizième porte d'un manoir isolé : quels risques courent Oswald et Zelah, deux adolescents élevés hors du monde ?

Dans l'immense manoir d'Hemyock, la vie d'Oswald est plutôt confortable : tout un personnel lui est dévoué pour qu'il développe ses talents de jeune prodige. Une étrange maladie lui interdirait tout contact avec l'extérieur : aussi ne connaît-il ni ses parents, ni le monde qui entoure la propriété.
À l'approche de ses seize ans, le garçon s'interroge de plus en plus sur les zones d'ombre que compte son existence. Venue de nulle part, une jeune fille le contacte secrètement et l'incite à fuir avec elle. Mais comment sortir de ces murs ? Devant eux, le mystère est bien plus grand qu'ils ne l'imaginent...

Les enquêtes de Banerjee, détective des rêves !

Eric Senabre

Suivez les aventures d'un duo de détectives qui enquête... en rêvant ! Aussi doués que Sherlock et Watson, ils sont prêts à résoudre les mystères les plus cauchemardesques d'Angleterre.

Extrait du roman *Le Vallon du sommeil sans fin* :
Je m'appelle Christopher Carandini et, il y a deux ans encore, j'étais un jeune journaliste que l'on disait plein d'avenir. Hélas ! Ma curiosité avait fini par me jouer des tours. En apprenant que j'enquêtais à son sujet, un puissant industriel me fit perdre mon emploi, et tout espoir de pouvoir exercer à nouveau ma profession. Avait suivi une pénible période d'errance, à l'issue de laquelle j'en fus réduit à dormir dehors.
C'est alors que la providence me mit sur la route d'Arjuna Banerjee, grâce à une petite annonce au message sibyllin : « Gentleman cherche secrétaire particulier pour surveiller son sommeil. » Arjuna Banerjee était ce gentleman. Mais j'étais loin de me douter qu'il s'agissait d'un détective privé, et encore plus loin de pouvoir imaginer qu'il avait la faculté de résoudre ses enquêtes... en rêvant. Non, je ne plaisante pas : en rêvant ! Arjuna Banerjee a rapporté de son Inde natale une foule de secrets qui, pour l'Occidental que je suis, s'apparentent quasiment à de la magie. Ainsi, après avoir accumulé suffisamment d'informations, Arjuna Banerjee est capable de se placer dans un état de transe – de « rêve lucide » – durant lequel, tout en restant allongé, il va pouvoir commenter à haute voix le rêve qu'il est en train de faire. Et ce rêve, correctement interprété, contient la solution à l'énigme qui lui a été soumise.

Le Dernier Songe de Lord Scriven
a remporté
de nombreux prix :

Prix Saint-Exupéry
Prix les Mordus du polar
Prix Durance Ados
Prix des collégiens de l'Hérault
Prix du Jury littéraire
du Giennois
Prix 12-14 – Foire du livre de Brive
Prix Lire dans le 20e

Elyssa

Eric Senabre

Pour sauver Rome et venger la mort de son amour, Elyssa ne reculera devant aucun obstacle. Courageuse et téméraire, l'héroïne tient entre ses mains son destin… et celui de toute une nation !

Un haut dignitaire romain est assassiné sous les yeux de sa jeune épouse, Elyssa. Accablée de chagrin, celle-ci accepte de reprendre la mission du défunt et embarque pour Carthage. C'est le début d'une mission à haut risque pour la jeune femme qui doit déjouer un complot contre Rome, et qui rêve secrètement de venger la mort de son époux…

Et pour les 9-12 ans :

Megumi et le fantôme

Eric Senabre

Une belle histoire d'amitié entre un fantôme et une petite fille intrépide déterminée à enquêter sur son passé.

Hamish allait tourner les talons quand Megumi s'écria :
– Attends ! Est-ce que tu connais la maison qui se trouve au 66 Canavan Street ?
On aurait cru que tout à coup, le petit garçon avait vu le diable en personne.
– Pourquoi tu veux savoir ça ? fit-il en tremblant à moitié.
– Ma mère dit que c'est la maison de nos ancêtres.
– De vos ancêtres ? Mais...
– Ma mère a un ancêtre irlandais. Je viens de l'apprendre !
– C'est fou ! Qui aurait pu deviner ? Tu as l'air tellement euh... japonaise.
Megumi, amusée, insista :
– Alors, cette maison ?
Hamish fourra les mains dans ses poches et déclara avec une grande nervosité :
– Je peux te dire où elle est. Mais je te préviens...
Il regarda autour de lui, baissa la voix, avant d'ajouter :
– Elle est hantée.

Le jeu d'Hiroki

Eric Senabre

Au cœur du Japon, la périlleuse enquête de deux enfants aux frontières du réel et du virtuel.

Lorsqu'Hiroki découvre une vieille console vidéo dans les cartons de son père, il est au comble de l'excitation. Ni une ni deux, le voilà déjà les manettes à la main, avec son amie Emiko, pour tenter une partie. Contre toute attente, le jeu choisi fonctionne alors qu'il n'est plus en réseau depuis des années, et de l'autre côté de l'écran, quelqu'un l'appelle à l'aide !

Hiroki, soudain inquiet, jeta un coup d'œil au fond du carton ; il y devina, tout aussi soigneusement emballés, les accessoires nécessaires au fonctionnement de la console – dont les incontournables manettes – et des boitiers de jeux. Rassuré, il poursuivit son examen de l'objet, la bouche ouverte comme s'il gobait un œuf.
– Je n'ai jamais entendu parler de cette console ! finit-il par lancer. Elle était à toi, papa ?
– Oui, évidemment.
[...]
– Elle était bien ?
M. Abe hocha la tête.
– Très en avance sur son temps, oui ! Mais elle était produite par une toute petite société, qui a fait faillite il y a plusieurs années déjà.
– Faillite ?
– Eh bien... ils n'existent plus. La console ne s'est pas si bien vendue, mais surtout...
– Oui ?
– Leur jeu le plus ambitieux, qui leur avait coûté une vraie fortune en développement, n'est jamais vraiment sorti. Ils en ont été ruinés ! Une triste histoire, vraiment.

60-62, rue Saint-André-des-Arts
75006 Paris
www.didier-jeunesse.com
Composition, mise en pages et photogravure : IGS-CP (16)
ISBN : 978-2-278-09826-2 • Dépôt légal : 9826/01
N° d'impression : 2003056
Loi n° 49-956 du 16 juillet 1949 sur les publications destinées à la jeunesse

Achevé d'imprimer en France, à Alençon, en août 2020 chez Normandie Roto Impression s.a.s., imprimeur labellisé Imprim'Vert, sur papier composé de fibres naturelles renouvelables, recyclables, fabriquées à partir de bois issus de forêts gérées durablement.